식민지 근대의 내면과 매체표상

자료와 해설

김현숙 · 이명희 · 김한식 · 이은주 편

깊은샘

이 책은 2004년도 한국학술진흥재단의 기초학문 육성지원사업 연구비에 의하여 연구되었습니다.
(KRF-2004-073-AS2030)

머리말

이 책은 식민지 근대의 매체 연구와 관련된 자료들을 모은 것이다. 자료는 우리의 근대가 어떻게 대중 속으로 확산되고 내면화되었는가를 연구하는 과정에서 자연스럽게 정리되었다. 이렇게 정리된 자료들에 간단하게나마 해설을 덧붙였다. 다른 매체에 다른 형식으로 존재하는 것들을 주제에 따라 한 곳에 모았다는 데 의미가 있겠다.

최근 근대 초기에 대한 연구, 근대 매체에 대한 연구는 다른 어떤 분야보다 활발히 진행되고 있다. 근대가 드러나는 다양한 분야에 대한 관심은 문학 영역 밖으로 확산되고 있다는 느낌마저 준다. 이 자료집 역시 이런 최근의 연구 경향과 무관하다고 할 수는 없다. 다만 이 자료집의 특징은 자료 자체가 가지는 새로움의 매력과 함께 시대의 맥락을 함께 고려한 해설을 실어 전공자가 아니라도 당시의 자료에 쉽게 접근할 수 있도록 했다는 점에 있다.

자료는 주제에 따라 네 부분으로 나누었다. 〈서적 광고를 통해 본 근대의 내면화〉에서는 단순한 상품 광고 이상의 의미를 가지고 있었던 서적 광고의 다양한 모습을 모아 소개하고 있다. 〈근대 내면의 형성과 새로운 글쓰기〉에서는 글쓰기라는 제도의 변화를 통해 시대의 변화와 지식인들의 인식 변화를 보여줄 수 있는 자료들을 소개하였다. 〈근대매체가 보여주는 가정과 아동〉에서는 가정이 강조되는 당대적 이유를 확인할 수 있는 자료들로 엮어졌다. 〈잡지 만화와 만평으로 본 여성〉은 여성을 다룬 만화 만평 자료를 통해 당대의 여성 인식과 이해를 확인할 수 있는 자료들로 엮었다.

이 자료집은 한국학술진흥재단의 지원을 받아 이화여자대학교 한국어문학연구소 기초학문연구의 일환으로 기획된 것으로, 이미 간행된 『식민지 근대의 내면과 매체 표상』이라는 제목의 연구서와 짝을 이룬다. 어려운 여건에서도 책을 꾸며준 깊은샘 출판사와 김현숙 사장님께 감사드린다.

목 차

I

서적 광고를 통해 본 근대의 내면화

근대 초기의 광고가 어떤 목적과 방법으로 소비자를 자극했는가를 살피는 일은 근대의 내면화 과정을 추적하는 매우 유용한 통로가 될 수 있다. 광고는 소비자의 취향과 함께 취향을 이끌어가는 '앞선' 사람들의 의식을 읽을 수 있는 텍스트이기 때문이다. 주지하다시피 근대 초기 잡지에 실린 서적 광고는 단순한 상품 광고 이상의 의미를 가지고 있었다. 이는 상품으로서의 서적이 갖는 특수성에서 기인하는 바, 서적은 단순히 소비되는 물건이 아니라 근대를 보급하는 중요한 매체이기도 했기 때문이다. 애초에 출판 '운동'이 '민족 자강과 계몽의 열정'의 의해 이루어졌기에 그 광고의 내용에도 다른 상품의 광고가 따르지 못하는 절실함과 의지가 담겨 있었다. 비록 모든 서적이 계몽적 의도에 의해 출판된 것도, 모든 서적 광고가 그것을 표 나게 내세운 것도 아니지만 잡지의 서적 광고에 공통적으로 흐르고 있는 시대정신은 광고를 광고 이상의 것으로 여기게 만들었다 할 수 있다.

1910~1920년대 잡지의 서적 광고에서 전제하고 있는 것은 각 개인들이 독서를 통해 무엇을 얻을 수 있을까 하는 실용의 측면이었다. 개화기 이전 독서는 세계에 대한 이해와 개인의 수양을 위해 행해지는 교환 가치로 환전되기 어려운 것이었다. 예전의 독서는 자체로 지고한 가치를 가지고 있었을 뿐, 그것을 통해 세속적인 무엇을 얻으려는 실용적 목적을 내세우지는 않았다. 그러나 근대의 책은 상품이자 매체이면서, 또한 일종의 도구로 여겨졌다. 근대의 모든 책은 '매뉴얼manual'의 의미를 지니고 있어서, 책 속에 담긴 지식과 정보는 모두 무엇인가를 위한 기능적 가치를 지닌 것이었다.

실제 서적 광고를 통해볼 때, 이 시기라고 해서 근대적이라 불릴 만한 새로운 서적만이 출판된 것은 아니었다. 특히 근대 문학 작품이 그 안에서 차지하는 비중은 실망스러울 정도로 적었다. 실용서나 위인전, 잡지가 광고의 대부분을 차지하고 있었다.

최소한 광고의 경우 문학은 우월적 지위를 차지하고 있지 못했던 셈이다. 주를 이루었던 실용서나 위인전, 잡지는 모두 '어떤 종류'의 현실적 필요를 충족시켜준다고 주장하였다.

서적 광고는 서적을 통해 설명되었을 계몽자들의 사상을 앞서서 혹은 이어 받아 독자들에게 강조했다. 이들이 강조한 내용들에는 받아들여야 할 근대 외에도 설계하고 이끌어 가야 할 근대의 모습이 포함되어 있었다. 그들이 생각한 근대의 모습에 우리가 얼마나 동의할 수 있는가의 문제와는 별개로 그것은 현재까지 우리 사회에서 중요한 정신사적 흐름을 형성하고 있다. 따라서 잡지의 서적 광고가 가지고 있는 이런 혼합과 혼란은 당시 우리의 모습을 사실적으로 비추어주는 하나의 거울이 될 수 있을 것이다.

다양한 서적이 발행되었던 만큼 다양한 종류의 서적 광고가 있었지만 여기서는 대표적인 서적광고인 문학(번안포함), 위인전, 잡지를 순서대로 소개한다.

신문관 발행『검둥이설움』광고(『청춘』1호, 1914. 10)

纖弱한 一女子의 手로 偉大ᄒᆞᆫ 事業을 成就ᄒᆞᆫ 中에 우리 스토우 夫人같은 이ᄂᆞᆫ 가장 貢獻이 多大ᄒᆞ고 影響이 深遠ᄒᆞᆫ 者일지로다 當時 美國에서ᄂᆞᆫ 白人의 黑人 虐待ᄒᆞᆷ이 無所不至ᄒᆞ야 金錢으로 賣買ᄒᆞᆷ은 物類에서 천ᄒᆞ고 鞭楚 驅擲ᄒᆞᆷ은 牲畜에서 甚ᄒᆞ니 天理－이미 ○塞하고 人道－또한 喪絶ᄒᆞᆫ지라 此時에 夫人이 正意를 仗ᄒᆞ고 道理를 立ᄒᆞ야 그 多數ᄒᆞᆫ 無辜를 爲ᄒᆞ야 背理無道ᄒᆞᆫ 虛遇와 窮慘極酷ᄒᆞᆫ 實情을 描ᄒᆞ야 一世의 良心을 皷發코져 ᄒᆞᆫ 것이 此書의 原本이니 此書 一出ᄒᆞᆷ에 萬人의 慕義ᄒᆞᄂᆞᆫ 心이 激動되여 그 風力이 及ᄒᆞᄂᆞᆫ 바에 奴隷波와 非奴隷派 사이에 南北戰爭의 大慘劇이 開演되고 畢竟勝利가 義人에게 歸ᄒᆞ야 四百萬奴隷가 良民됨을 得ᄒᆞ게 되니

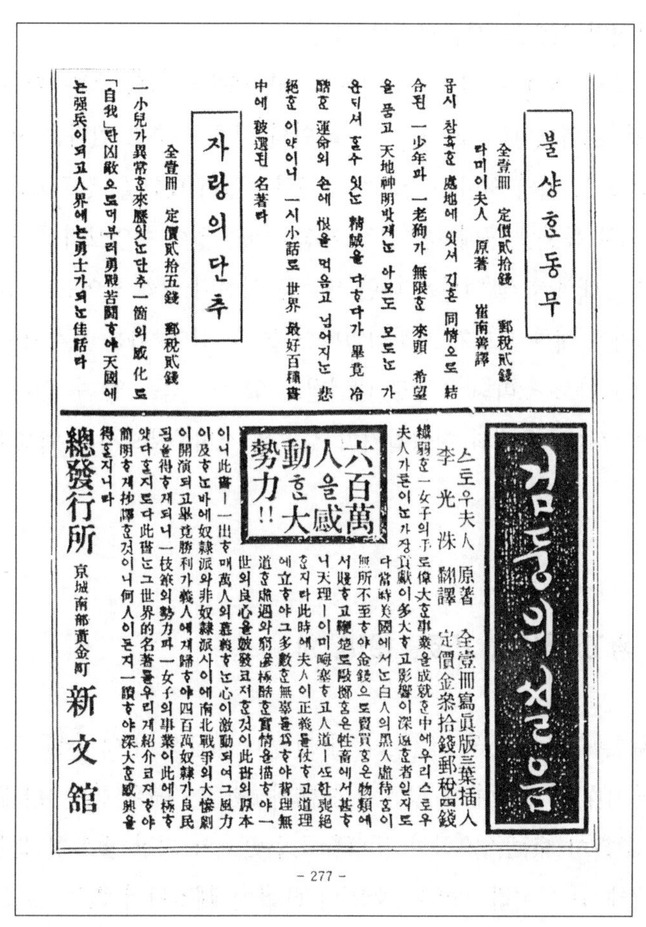
불샹ᄒᆞᆫ동무

全壹冊 定價貳拾錢 郵稅貳錢

따미이夫人 原著 崔南善譯

몹시 참혹ᄒᆞᆫ 處地에 잇서 깁흔 同情으로 結合된 一少年과 一老狗가 無限ᄒᆞᆫ 來頭 希望을 품고 天地神明밧게ᄂᆞᆫ 아모도 모르ᄂᆞᆫ 가온데서 ᄒᆞᆯ수 잇ᄂᆞᆫ 精誠을 다ᄒᆞ다가 畢竟 冷酷ᄒᆞᆫ 運命의 손에 恨을 먹음고 넘어지ᄂᆞᆫ 悲絶ᄒᆞᆫ 이약이니 一시小話로 世界 最好百種書中에 被選된 名著라

자랑의단추

全壹冊 定價貳拾五錢 郵稅貳錢

一小兒가異常ᄒᆞᆫ來歷잇ᄂᆞᆫ단추一箇의感化로「自我」란凶敵으로더부러勇猛苦鬪ᄒᆞ야天國에ᄂᆞᆫ强兵이되고人界에ᄂᆞᆫ勇士가되ᄂᆞᆫ佳話라

검둥의셜음

스토우夫人 原著 全壹冊寫眞版三葉插入

李光洙 翻譯 定價金參拾錢郵稅四錢

纖弱ᄒᆞᆫ一女子의手로偉大ᄒᆞᆫ事業을成就ᄒᆞᆫ中에우리스토우夫人가튼이ᄂᆞᆫ가장貢獻이多大ᄒᆞ고影響이深遠ᄒᆞᆫ者일지로다當時美國에서ᄂᆞᆫ白人의黑人虐待ᄒᆞᆷ이無所不至ᄒᆞ야金錢으로賣買ᄒᆞᆷ은物類에서賤ᄒᆞ고鞭楚毆擲ᄒᆞᆷ은牲畜에서甚ᄒᆞ니天理ㅣ이미晦塞ᄒᆞ고人道ㅣ또ᄒᆞᆫ喪絶ᄒᆞᆫ지라此時에夫人이正義를仗ᄒᆞ고道理에立ᄒᆞ야그多數ᄒᆞᆫ無辜를爲ᄒᆞ야背理無道ᄒᆞᆫ虐遇와窮慘極酷ᄒᆞᆫ實情을描ᄒᆞ야一世의良心을皷發코저ᄒᆞᆫ것이此書의原本이니此書ㅣ一出ᄒᆞ매萬人의慕義ᄒᆞᄂᆞᆫ心이激動되여그風力이及ᄒᆞᄂᆞᆫ바에奴隷派와非奴隷派사이에南北戰爭의大慘劇이開演되고畢竟勝利가義人에게歸ᄒᆞ야四百萬奴隷가良民됨을得ᄒᆞ게되니一枝筆의勢力과一女子의事業이此에極ᄒᆞ얏다ᄒᆞᆯ지로다此書ᄂᆞᆫ그世界的名著를우리게紹介코저ᄒᆞ야簡明ᄒᆞ게抄譯ᄒᆞᆫ것이니何人이든지一讀ᄒᆞ야深大ᄒᆞᆫ感興을得ᄒᆞᆯ지니라

六百萬人을感動ᄒᆞᆫ大勢力!!

總發行所 京城南部貢金町 新文館

－ 277 －

一枝筆의 勢力과 一女子의 事業이 此에 極ᄒᆞ얏다 ᄒᆞᆯ지로다 此書ᄂᆞᆫ 그 世界的 名著를 우리게 紹介코져ᄒᆞ야 簡明ᄒᆞ게 抄譯ᄒᆞᆫ 것이니 何人이든지 一讀ᄒᆞ야 深大ᄒᆞᆫ 感興을 得ᄒᆞᆯ지니라

『검둥이 설움』은 스토우 부인의 『톰 아저씨의 오두막』을 이광수가 抄譯한 책이다. 광고에는 "六百萬人을 感動ᄒᆞᆫ 大 勢力!!"이라는 중간 크기 문구가 실려 있고 위의 소개 글이 이어진다. 주목해야 할 것은 위 글 화자의 태도이다. 서적 그것도 소설 광고임에도 불구하고 화자가 강조하고 있는 것은 작품의 내용이 아니라 그 작품을 쓴 작가의 위대함이다. "纖弱한 一女子의 手로 偉大ᄒᆞᆫ 事業을 成就ᄒᆞᆫ 中"에 가장 공헌이 큰 이가 스토우 부인이고 "此書 一出ᄒᆞᆷ에 萬人의 慕義ᄒᆞᄂᆞᆫ 心이 激動되여 그 風力이 及ᄒᆞᄂᆞᆫ 바에 奴隷波와 非奴隷派 사이에 南北戰爭의 大慘劇이 開演"되었다는 단순하고 비역사적인 서술도 서슴지 않는다.

실제 위 광고는 책에 대한 몇 가지 정보를 전달해주고 있다. 『검둥이 설움』이 세계적 명저라는 것, 초역했다는 것, 이 책이 흑인의 삶을 다루고 있다는 사실을 전한다. 그러나 전반적으로는 책의 의미와 스토우 부인의 역할(위대함)을 강조하고 있다는 인상이 강하다. 광고의 특성상 구매자의 감정을 움직이는 일이 무엇보다 중요했을 것이다.

이 시기에는 근대와 함께 여성에 대한 새로운 시선이 함께 들어온다. 초보적이지만 주체로서의 여성에 대한 사고가 시작되었다고 볼 수 있다. 다른 시각에서 보면 이 시기 여성은 무엇보다도 소비의 주체로 대접받고 있다는 점을 알 수 있다. 연애소설과 같은 감상적인 글들의 유행과 여성잡지의 성공은 소비주체로서의 여성의 성장과 무관하지 않다.

『무정』 광고(『청춘』 15호, 1918. 9)

『無情』은 新文壇 建設의 第一礎－라 이 自覺과 自任의 下에 春園 李君이 心血을 傾倒하야 苦思力作한 것이니 그 精妙한 結構와 纖奇한 描寫 한번 新聞紙上에 載出됨에 江湖의 讚賞이 泉湧雷震하야 朝鮮新文學史上의 가장 重要한 地位를 占有할 名著임을 公認케 된 것이라 幼稚한 文壇의 此書에 刺激됨이 實로 無限하얏도다 今

春園李光洙作

文壇創有의名著

「無情」은新文壇建設의第一礎ㅣ라이自覺과自任의下에春園李君이心血을傾倒하야苦思力作한것이니그精妙한結構와機奇한描寫ㅣ한번新聞紙上에載出되매江湖의讚賞이泉湧雷震하야朝鮮新文學史上의가장重要한地位를占有할名著임을公認케된것이라幼稚한文壇의此書에刺激됨이實로無限하얏도다今에藝苑의渴望을爲하야가장淸灑한樣姿로써精麗하게版出하니五號活字六百三十頁의巨卷으로形神質量무엇으로든지小說界에曠前한偉觀이되는것이라진실로心을文學에留하야新思潮에幷棹코저하는者는다가치此書에就하야精玩深味치아니치못할지니此書는實로新朝鮮文壇에在하야旣往으로는最大한收穫이오現在로는最高한典型이오將來에는最良한嚮導者될일새니라 (一千部만印出하얏슴뿐이니趁早購取치아니하면絶品될慮ㅣ有하외다)

想園最大의收穫

(全壹冊六百三十頁、定價金壹圓貳拾錢、小包料拾貳錢)

發行所 (京城府堅志洞三二番) 新文館 (京城鐘路振替四九二番) 東洋書院

에 藝苑의 渴望을 위하야 가장 清灑한 樣姿로써 精麗하게 出版하니 五號活字六白三十頁의 巨卷으로 形神質量 무엇으로든지 小說界에 曠前한 偉觀이 되는 것이라 진실로 心을 文學에 留하야 新思潮에 幷棹코저하는 者는 다가치 此書에 就하야 精玩深味치아니치 못할 지니 此書는 實로 新朝鮮文壇에 在하야 旣往으로는 最大한 收穫이오 現在로는 最古한 典型이오 將來에는 最良한 嚮導者됨일새니라(一千部만 印出하얏슴뿐이니 趁早購取치 아니하면 切品될 慮ㅡ有하외다)

『무정』은 한국 최초의 근대 소설로 평가되기도 한다. 이 소설은 문학사적으로 매우 의미 있는 작품이면서도 잘 팔리는 스테디셀러였다. 『무정』이 문제적이라는 사실에는 지금이나 당시나 크게 이의가 없었던 듯하다. "신문단 건설의 제일초"라거나 "조선신문학사상의 가장 중요한 지위를 점유할 명저”라는 광고 내용이 이를 짐작하게 한다. 서적 광고의 특성대로 책의 편집에 대해 자세히 말하고 있는 점도 특징적이다. 활자나 부피 등을 이야기한 점은 책의 내용 뿐 아니라 소장가치로서의 책에 대해서도 관심을 가지고 있었다고 볼 수 있다. 독자에게 책의 절판을 걱정하게 하는 마지막 문구는 당시 서적 광고에서 흔히 볼 수 있다. 출판부수가 적으니 늦기 전에 구매하라는 것인데 독자의 구매력을 자극하는 데 어느 정도 효과가 있었던 것으로 보인다.

『불상한 동무』 재판 광고(『청춘』 12호, 1918. 3)

譯者는 誠心으로써 滿天下青年諸君에게 此書를 勸讀하노니 此書에 含蓄된 無限한 感興을 諸君과 與共하자함이라, 旣往十數年間, 艱險한 世路에 隻身孤行한 譯者

로 하야곰 苦難을 頓忘케 하고 孤獨을 莫感케 하야 恒久한 希望과 如一한 勇氣를 持續케 한 原勤力은 대개 此書에서 源을 發한者-니 讀者는 實로 至巨한 活力을 此書에 得하며 絶大한 薰化를 此書에 蒙하며 最高한 感興을 此書에 受한 者로라 此書의 主人公과 및 그 境遇는 實로 가장 醇正하고 가장 高尙한 現代靑年과 및 그 奇險한 遭遇를 象徵하는 者-니 今日吾人에게 對하야 가장 有力한 策勵와 慰安을 興할 자는 古今東西恒河沙같은 文字中에서 此一小話에 過할 者-無하다하야도 盛言이 아니라 할지로다

『불상호 동무』광고(『개벽』 4권, 1920. 9)

몹시 참혹한 處地에 잇서 깁흔 同情으로 結合된 어린 아이 하나와 늙은 개 한 마리가 無限한 來頭 希望을 품고 天地神明밧게는 아모도모르는 가운대서 할 수 잇는 精誠을 다하다가 畢竟 冷酷한 運命의 손에 恨을 먹음고 넘어지는 悲絶한 이약이니 이책이 한번 나매 各國이 다토아 번역하야 天下 無數한 讀者의 간절한 同情과 따듯한 눈물을 바든지라 恒河沙가튼 만흔 書籍 가운데서 百가지 가장 조흔책을 뽑는중이 적은 이약이 한편이 참예하게 됨을보면 그 價値를 넉넉히 짐작할지로다 譯者-이를 愛讀함이 誠한지라 이제 특별히 늑김이 잇서 우리 글로 옴기어 우리 靑年男女로 더불어 그 趣味를 가티하고자 하노니 滿天下 感情의 糧食에 飢渴한 者여 나오라 읽을지어다

『불쌍한 동무』는 “A dog of flandas”의 역본(譯本)이다. 이 소설은 〈프란다스의 개〉라는 제목의 텔레비전 애니메이션으로도 인기를 끈 작품이다. 가족을 모두 잃고 기댈 곳 없는 소년 주인공과 그의 개가 엮어내는 사랑과 우정이 매우 감동적인 이야기이다. 이 소설 광고가 『청춘』과 『개벽』에 자주 등장하는 것으로 보아 1910~1920년대 내내 사랑받은 서적이 아니었나 짐작할 수 있다.

위 두 광고에서 독자를 설득하는 방식은 조금 다르다. 『청춘』에 실린 광고가 책을 번역하고 소개하게 된 역자의 생각을 직접 들려주는 형식이고 『개벽』에 실린 광고는 소설의 줄거리와 평가를 소개하는 형식이다. 이 책의 감동을 독자들과 함께 나누기

위해 이 책을 번역하게 되었다는 것이 첫 번 글의 요지이고, 많은 책들 중 좋은 책 백 권 안에 들 정도로 유명한 책이라는 것이 두 번째 광고의 핵심이다. 작품이 줄거리와 평가 그리고 역자의 감상을 함께 싣고 있다는 점에서 『개벽』의 광고가 더 충실한 서적 소개로 보인다.

『갓쥬샤 哀話 海棠花』 광고(『청춘』 12호, 1918. 3)

杜翁一代의 傑作으로 世界最高의 讚仰을 受한 『復活』의 要旨를 撮하야 妙味를 存 한 것이라 情海에 沈淪하는 薄命佳人賈珠謝와 心獄에 呻吟하는 貞義公子來流德이 一夜의 業冤을 因하야 萬里의 謫囚를 作할새 良心最高의 命令下에 許多한 葛藤이 成來하고 化翁至奇의 戲弄中에 無限한 情趣가 湧出하며 若夫原著者의 寓意와

主人公의 暗示에 至하야는 讀者로 하야곰 惕然히 反省하고 肅然히 起敬케하는 者－存한지라 敢히 江湖讀書子의 淸讀에 供하노라

위 광고는 두 단으로 나뉘어져 있는데 상단은 작품에 대한 설명, 하단은 작중 인물이 부른 듯한 가사가 실려 있다. 창작물이 많지 않았기 때문이겠지만 식민지 시대 내내 번안소설이 많이 출판되었다. 『해당화』는 많은 판매 부수를 기록한 대표적인 번안소설이다. 원작은 톨스토이의 『부활』이다. 당시 번안은 전 작품을 그대로 옮기는 경우보다 대략의 내용을 축약하거나 변용하여 옮기는 경우가 많았다. 대부분의 번안 소설이 초역(抄譯)인 셈이다. 이 소설의 번안은 박현환(朴賢煥)이다. '갓쥬샤 내ᄉ랑아'로 시작하는 가사는 동일한 가사를 반복하여 리듬을 살리고 있다. 사랑하는 이를 보내는 이의 애절한 심정이 잘 드러나 있다.

세계명작동화 『사랑의 선물』 광고(『개벽』 24호, 1922. 6)

本書를 읽고 누가 울지 아니할 者며, 누가 純潔化되지 아니할 者이랴! 人生 누구나 가즌 永遠한 兒童性의 向上을 爲하야 著作된 世界各地의 童話中에서, 獨逸의 그리므 英國의 오스카 와일드 丁抹의 안더-슨 先生 등 著名한 文豪의 靈筆로 된 名作만을 추려서, 우리 兄弟에게 펴게됨은 實로 우리의 한자랑이라. 村落에 生한 一處女가 어떠한 運命에 느껴우는가, 貴엽고 착한 一王子가 어떠한 悲運에 쫓기는가, 哀憐한 情景과 艶麗한 譯文은 서로 엉키어 讀者를 울리도다. 地上樂園으로의 童話시대에 살든 아름다운 反映, 또는 그리운 搖籃의 追慕로도, 此書는 우리에게 던져진 永遠의, 빛나는 선물이로다. 愛흡고도 美麗하든 時代의 젊은 記錄을, 앗김업시 사랑하는 子女를 爲할 뿐만이 아니라 世의 敎育者나 父兄이나 學生이나, 누구나 다 넑어 다시 올 多幸한 어린때의 고향에 옛꿈을 맛보라

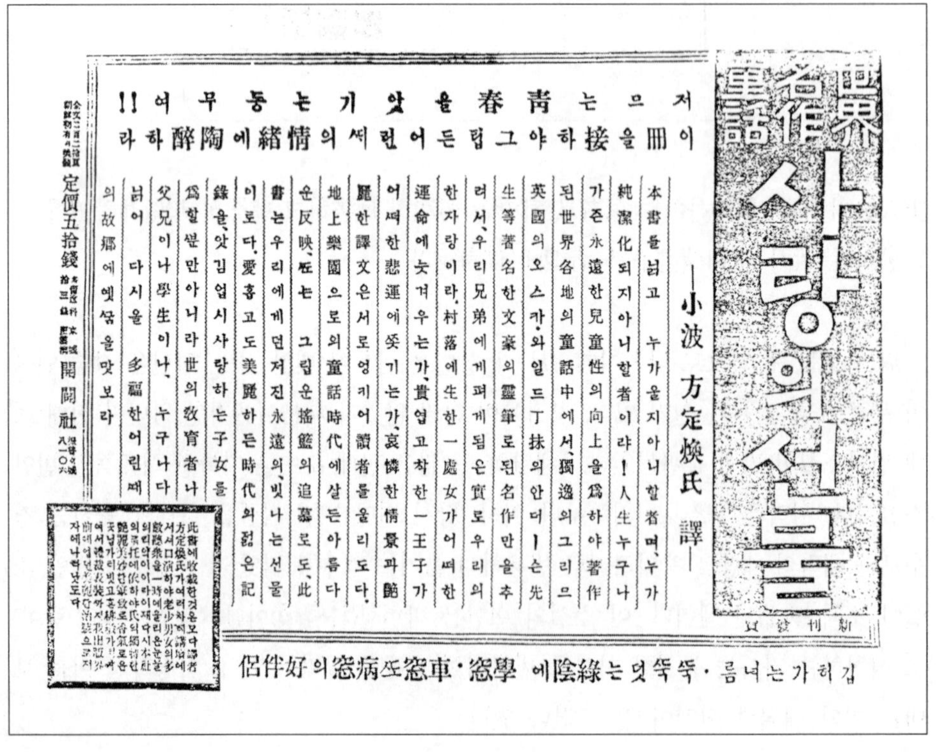

잡지 『어린이』를 운영하던 방정환이 번역한 동화집 『사랑의 선물』이다. 독일 그림, 영국의 오스카 와일드, 덴마크의 안데르센 등의 동화를 모아 놓은 책이다. 동화의 독자가 주로 어린일 것이라는 짐작과 달리 어린시절을 동경하는 어른들을 주요 독자로 상정하고 있는 듯하다. 사랑하는 자녀를 위한 뿐 아니라 어린 시절을 추억하는 이들에게 일독을 권한다. 동화의 내용은 사실 행복보다는 슬픔과 연관되는 듯하다. 운명, 비운 등이 독자를 울린다고 해 놓고 '아름다운 반영', '요람의 추모'라고 하는 데는 모순이 느껴지기도 한다.

『위인 린컨』 재판 광고(『개벽』 1호, 1920. 6)

(美國大統領 린컨氏의 事蹟) 린컨 氏는 正義人道의 王이오 平等 自由의 神이오 世界人類의 模型이니 英雄中英雄 · 偉人中偉人인 린컨氏의 傳記를 一讀하시오.

『개벽』 첫 번째 서적 광고는 발행 겸 총발매소 〈동양서원〉의 『위인 린컨』 재판 광고이다. 개화기 이래 위인전 번역이 유행처럼 번졌다는 사실은 잘 알려져 있다. 『개벽』의 광고 역시 위인에 대한 개화기 이래의 동경과 모방 충동을 드러내고 있었다.

서구 위인전 읽기의 열풍은 그 뿌리가 매우 깊다. 조선 시대 이전부터 인생의 교사와 반면교사를 얻기 위해 각종 전기물을 읽는 일은 이미 지배층 문화의 중요한 부분을 이루었는데, 개화기에 접어들어 중화 영웅들의 위치를 서양 영웅들이 차지하여 훨씬 더 강력한 숭배심을 유발하게 됐다. 서구 영웅을 학습하고 그 정신을 따라야 한다는 것은 당시 개화파 인사들에게는 하나의 상식처럼 되어 있었다. 서구에서 이식된 영웅관념이 새롭게 부각되면서 그러한 상식이 배태되었던 것이다. 그러나 개화기에 접어들면서 '영웅'이라는 용어는 원래의 뜻과 다른 뜻을 갖게 된다. 뛰어난 한 신하에서, 영웅은 일약 국가와 국민을 살리는 국민국가의 지도자이자 모든 국민들의 일률적인 숭배 대상으로 그 의미가 바뀌게 되는 것이다. 뛰어난 개인이라는 생각보다 국가와 사회 전체를 책임지거나 그것의 운명을 좌우할 정도의 강력한 영향력을 가진 인물로 새롭게 부각되게 되었다. 영웅은 때로 국가나 사회 구성원 전체의 합보다 더 큰 무게를 가지는 것처럼 취급되었다.

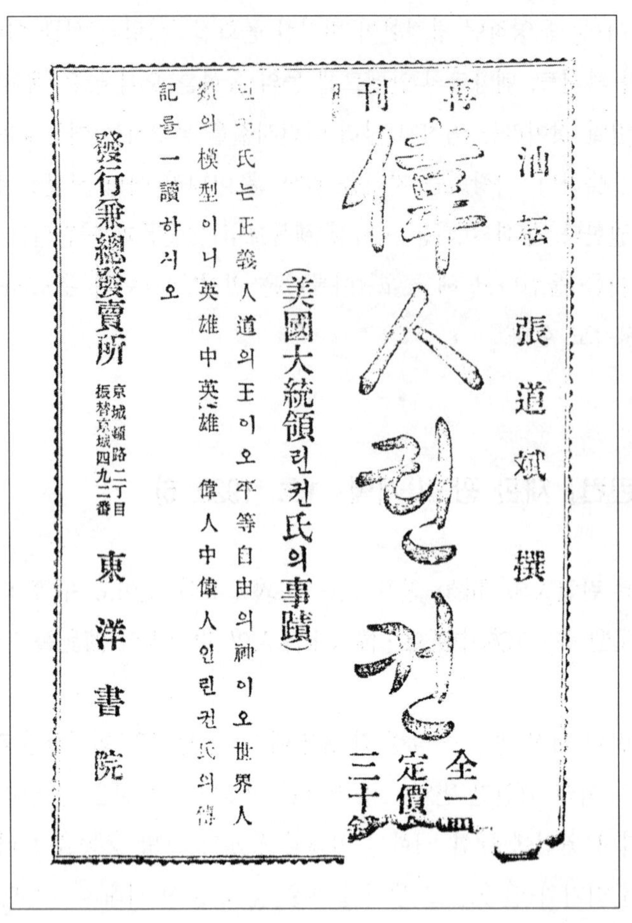

위 광고의 경우 링컨의 구체적인 업적이 소개되기 보다는 그에게서 영웅의 이미지를 골라내고 있다고 하는 편이 어울린다. 린컨은 정의, 평등, 자유라는 서구적 가치를 구현한 인물로 소개되고 있다. 하지만 '왕', '신', '세계 인류의 모형'이라는 설명은 정의, 자유, 평등으로 평가받는 사람에 대한 평가로 전혀 어울리지 않는다. 위인이 이룬 성취의 내용이 중요한 것이 아니라 그러한 성취를 이룬 영웅의 위대함이 더 중요한 것이다. "일독하시오"의 문장 마무리는 당시 서적 광고의 일반적인 종결 방식이었다. 서적의 구매가 다양한 상품 중 하나에 해당하는 것이 아니라 꼭 읽어야 하는 의무의 수준에서 언급되고 있는 것이다. 당연히 소비자에 대한 광고주의 자리는 소개하고 권고하는 수준을 넘어 호소·계몽하는 수준을 넘나들고 있다.

신문관 발행 『洪景來實記』 광고(『청춘』 8호, 1917. 6)

近五百年의 快人快事를 說ᄒᆞ자면 平西大元帥 洪景來의 定州事件을 先推ᄒᆞᆯ지니 그 人은 千古의 英材요 그 事는 百年의 壯擧ㅣ라 일즉 乙支文德, 韓希愈를 誕育ᄒᆞᆫ 關西山下의 精靈이 五百年 鬱結ᄒᆞ얏다가 一時에 鳴動ᄒᆞᆫ 것이 此人此事라 ᄒᆞᆯ지로다 今에 當時의 記錄에 徵ᄒᆞ야 起蹶의 源委를 繹ᄒᆞᆷ은 聊히 抱奇受屈ᄒᆞᆫ 此曠世風雲兒의 寃魂을 吊코자 ᄒᆞᆷ이니 天下의 有心人은 同情으로써 一讀ᄒᆞ소셔

위인전은 외국의 영웅에 한정되지 않는다. 식민지 초기 홍경래는 역적이라는 오명을 벗고 위인으로 대접받게 된다. 불행한 영웅에 대해 나름대로 새로운 평가를 해주

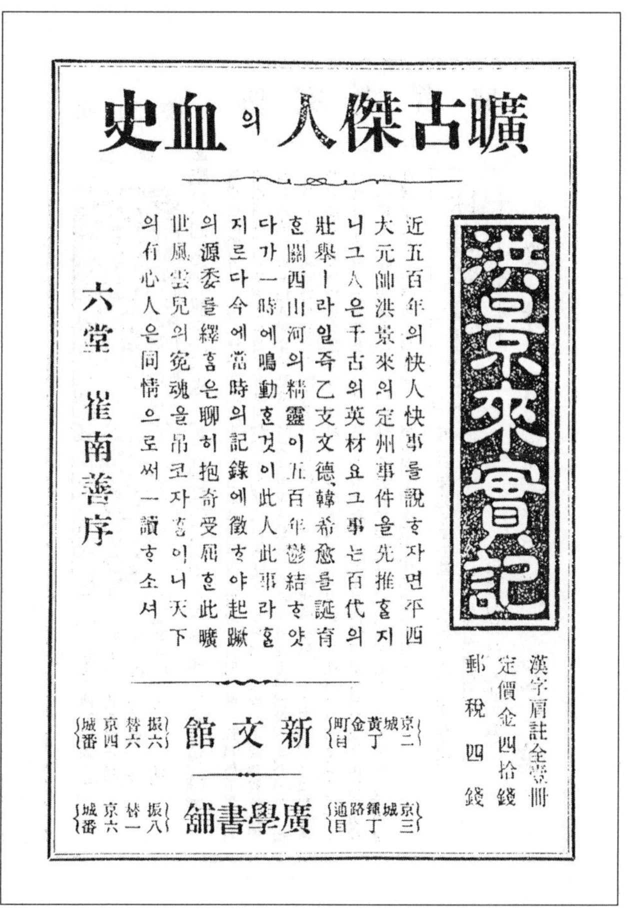

고 있다. 그 내용이야 어찌 되었든 위 광고에서는 관서지방에서 일어난 쾌사로 홍경래의 거사를 평가하고 있다. 더불어 그것의 좌절이 일으키는 비장함까지 동정할만한 것으로 이야기한다.

신문관 발행 '李忠武公全書' 광고(『개벽』 10호, 1921. 4)

智勇이 兩備하고 名節이 雙全한 忠武公李公은 진실로 朝鮮男兒의 最大典型이라 一代의 風雲이 그의 眉端에 飜覆되고 天下의 安危가 그의 指頭에 判定되니 嗚呼偉哉로다 더욱 壇域의 山河民物은 總히 그의 再造한 바요 槿人의 生榮繁滋는 實로 그

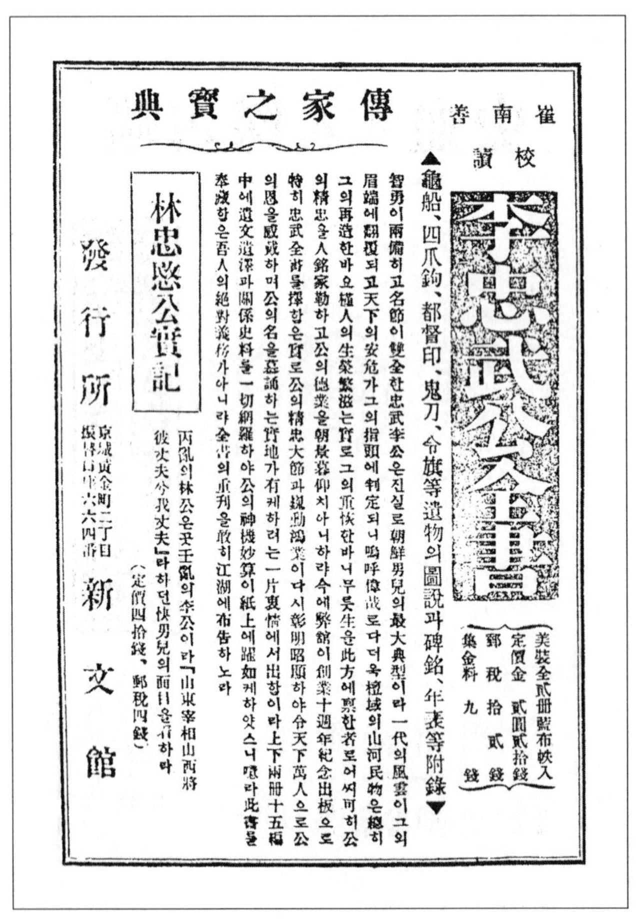

崔南善 校讀

李忠武公全書

(美裝全貳冊藍布帙入 定價金 貳圓貳拾錢 郵稅 拾貳錢 集金料 九錢)

▲龜船、四爪鉤、都督印、鬼刀、令旗等遺物의圖說과碑銘、年表等附錄▼

傳家之寶典

智勇이兩備하고名節이雙全한忠武李公은진실로朝鮮男兒의最大典型이라一代의風雲이그의眉端에飜覆되고天下의安危가그의指頭에判定되니嗚呼偉哉로다더욱檀域의山河民物은總히그의再造한바요槿人의生榮繁滋는實로그의重恢한바니무릇生을此方에稟한者로어찌可히公의精忠을人銘家勒하고公의偉業을朝敬暮仰치아니하랴今에弊館이創業十週年紀念出板으로特히忠武全書를擇함은實로公의精忠大節과鴻勳偉業이다시彰明昭顯하야今天下萬人으로公의恩을感戴하며公의名을謳誦하는實地가有케하려는一片衷情에서出함이라上下兩冊十五編中에遺文遺澤과關係史料를一切網羅하야公의神機妙算이紙上에躍如케하얏스니噫라此書를奉讀함은吾人의絶對義務가아니랴全書의重刊을敢히江湖에布告하노라

林忠愍公實記

丙亂의林公은곳壬亂의李公이라「山東宰相山西將彼丈夫兮我丈夫」라하던快男兒의面目을有하다 (定價四拾錢、郵稅四錢)

發行所 京城黃金町二丁目 振替口座六六四番 新文館

의 重恢한 바니 무릇 生을 此方에 稟한 者로서 어찌 可히 公의 精忠을 人銘家勒하고 公의 德業을 朝景暮仰치 아니하랴 今에 弊館이 創業十週年紀念出板으로 特히 忠武公全書를 擇함은 實로 公의 精忠大節과 魏勳鴻業이 다시 彰明昭顯하야 令天下萬人으로 公의 恩을 感載하며 公의 名을 慕誦하는 實地가 有케하려는 一片衷情에서 出함이라 上下 兩冊 十五編 中에 遺文遺澤과 關係史料를 一切網羅하야 公의 神機妙算이 紙上에 躍如케 하얏스니 噫라 此書를 奉藏함은 吾人의 絶對義務가 아니랴 全書의 重刊을 敢히 江湖에 布告하노라

개인의 영웅적 행동으로 민족을 구한 인물로 충무공 만한 이를 찾기는 쉽지 않다. "壇域의 山河民物은 總히 그의 再造한 바요 槿人의 生榮繁滋는 實로 그의 重恢한 바"라고 주장하고 그를 '朝景暮仰' 하지 않을 수 없다고 한다. 거기에 이순신은, 복종의 다른 이름인, 충성이라는 미덕을 가지고 있어 더욱 매력적으로 느껴졌을 것이다. 주지하는 바대로 충무공 이순신이 본격적으로 작품화 된 것은 이광수의『이순신』이후이다. 충무공은의 인기는 21세기 들어서도 별로 식지 않아 역사소설이나 텔레비전 드라마의 소재로 자주 등장한다. 그러나 그 이전에도 위인으로서 충무공은 매력적인 대상이었던 모양이다.

개벽사 발행 '조선지위인' 광고(『개벽』24호, 1922. 6)

偉人! 아! 偉人!! 朝鮮의 偉人!! 三千里의 精靈은 그들을 에워쌌고 二千萬의 赤心은 그들에게 뭉치었도다 아- 우리 江山에 이러한 偉人이 誕生케 됨은 이 어떠한 榮光이며 우리 兄弟로서 이러한 偉人을 모시게 됨은 어떠한 幸福인가 그들의 偉人다운 人格 偉人다운 事業 偉人다운 行蹟은 이 朝鮮之偉人이 그 全體를 紹介하얏도다

兄弟여 우리는 다 같이 잘 살기를 願하나니 선인의 가르침을 그대로 받을지며 우리는 다같이 제 것을 사랑하며 아끼나니 우리의 위인을 더욱이 接近해야겠도다 兄弟여 그들은 우리에게 무엇을 주었으며 무엇을 뿌렸는가 다같이 나와 이 十代偉人의 一代記를 接할 準備가 있으라

〈개벽사〉가 의욕적으로 추진한 조선의 위인 설문 조사의 결과를 책으로 엮은 『조선지위인』의 출판 예고이다. 민족적 자부심을 고취시키려는 의도가 우선 눈에 띤다. 광고의 내용은 위인들의 정신을 이어받자는 정도로 정리될 수 있다. 『개벽』에는 잡지나 단행본 모두 출간 예고 광고가 자주 실렸는데 위 글의 "다같이 나와 이 十代偉人의 一代記를 接할 準備가 있으라"는 독자들의 기대를 불러내기 위해 사용한 흔한 어투로 볼 수 있다. 선정된 열명의 위인은 신라의 화신 '솔거', 동방문학의 조종 '최치원', 사학계의 거인 '최충', '문익점', '서화담', '이황', '이이', '이순신', '최제우', '유길준'이다. 이에 '김옥균'과 '전봉준'의 붙여 실제로는 열 두 명의 위인에 대해 다루고 있는 책이다.

실제 책이 출판되어서도 광고는 이어진다. 33호 광고를 보면 이 책에 관하여 "東國全史 以上의 貴重한 記錄"이라는 큰 글씨를 뽑고, 아래에는 "朝鮮出版界光復의 大運動開始"이라는 수식을 붙여가며 책의 가치를 알리려 하는데, "輸入만으로 일을 삼는 自滅的 精神에 制裁를 加"하고 "倍達聖族의 威光을 宣揚하야 보"려 한다는 목표를 이 책의 정신으로 내세우기도 한다.광고에서 눈에 띠는 것은 현재의 쿠폰처럼 구

독권(購讀券)을 광고 안에 넣었다는 점이다. 일할을 할인해 주는 구독권을 보내주는 이에게 일만 부에 한하여 할인된 가격으로 판매한다는 내용이다. 일만 부 할인을 공고할 정도면 꽤 많은 부수를 인쇄하였으리라 짐작할 수 있다.

잡지 『曙光』 광고(『개벽』 1호, 1920. 6)

우리 반도 교육계에 있어 노련한 중진이 되고 가장 그 공적의 명성이 높은 春史 張膺震 군의 주필하에서 언론, 학술 등 모다 오직 현대 신사조의 선봉이 될 만한 것을 網羅蒐集하여 逐號刊行以來로 모든 사회의 많은 환영으로 今般 제5호는 目下 우리 실생활에 필요한 문제가 滿載되었사오니 讀書諸君은 一讀을 아끼지 마시오.

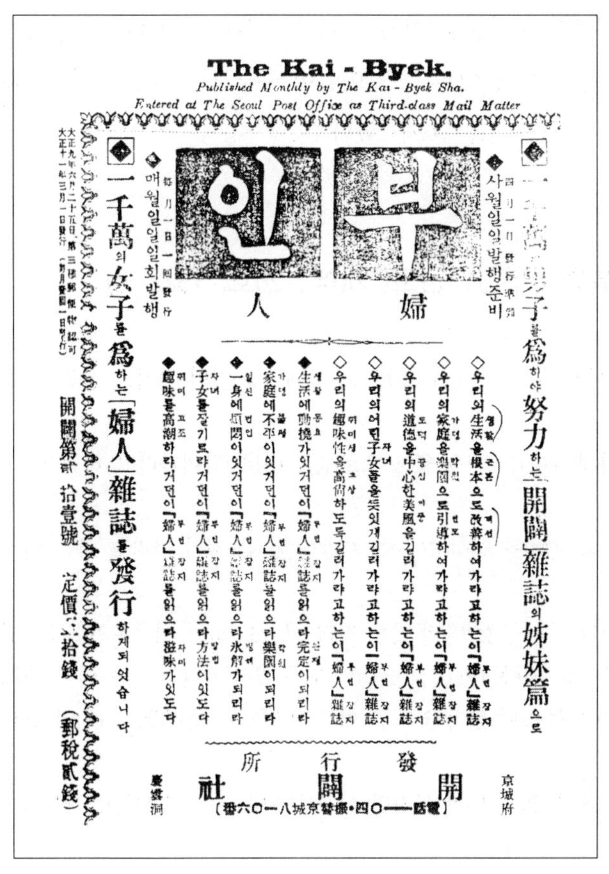

『개벽』 1호에는 평론잡지 〈文興社〉 발행 『曙光』의 광고가 실렸는데 당시 문화운동의 분위기를 엿볼 수 있는 내용을 담고 있다. 평론 잡지라는 이름을 내걸고 있는 『서광』은 제목에서부터 계몽적 인상을 풍긴다. 스스로 내세우는 성격 역시 문화적 선도와 닿아 있어 "언론, 학술 등 모다 오직 현대 신사조의 선봉이 될 만한 것"을 두루 소개하겠다는 의지를 내세운다. 한 가지 이념을 강하게 내세우려 하기보다 현대 신사조 자체를 수용해야 할 가치로 여기고 있는 셈이다. '실생활에 필요한 문제'라고 했을 때 실생활은 일상생활 이라기보다는 문화생활 또는 민족의 삶 쪽에 가까운 개념이다.

『서광』 육호에는 첫 호부터 육호까지의 주요 목차가 실려 있는데 그 목차를 보면 이 잡지의 성격이 더욱 명확해진다. 1호에는 "신시대를 迎함", "조선청년의 무거운 짐", "조선공업의 장래"가 3호에는 "개조의 제일보", "노력하라", "우리 가정의 弊習"이 실렸다. 6권에는 "시대의 요구하는 인물을 思하고", "조선교육계의 현황을 개탄함", "세계적 사조와 문화운동"이라는 제목의 글이 실렸다. 신시대, 조선청년, 개조, 폐습, 문화운동 등 언뜻 눈에 띠는 단어들이 추구하는 것은 개인과 사회의 변화를 이끌기 위한 운동이라는 것을 알 수 있다.

개벽사 발행 『부인』 광고(『개벽』 20호, 1922. 6)

우리의 생활(生活)을 근본(根本)으로 개선(改善)하여 가랴고 하는 이 『부인(婦人)』잡지(雜誌)

우리의 가정(家庭)을 낙원(樂園)으로 인도(引導)하여가랴고 하는 이 『부인(婦人)』잡지(雜誌)

우리의 도덕(道德)을 중심(中心)한 미풍(美風)을 걸라 가랴고 하는 이 『부인(婦人)』잡지(雜誌)

우리의 어린 자녀(子女)를 뜻있게 길러 가랴고 하는 이 『부인(婦人)』잡지(雜誌)

우리의 취미성(趣味性)을 고상(高尙)하도록 길러 가랴고 하는 이 『부인(婦人)』잡지(雜誌)

생활(生活)에 동요(動撓)가 있거던 이 『부인(婦人)』잡지(雜誌)를 읽으라 완정(完定)이 되리라

가정(家庭)에 불평(不平)이 있거던 이 『부인(婦人)』잡지(雜誌)를 읽으라 낙원(樂園)이 되리라

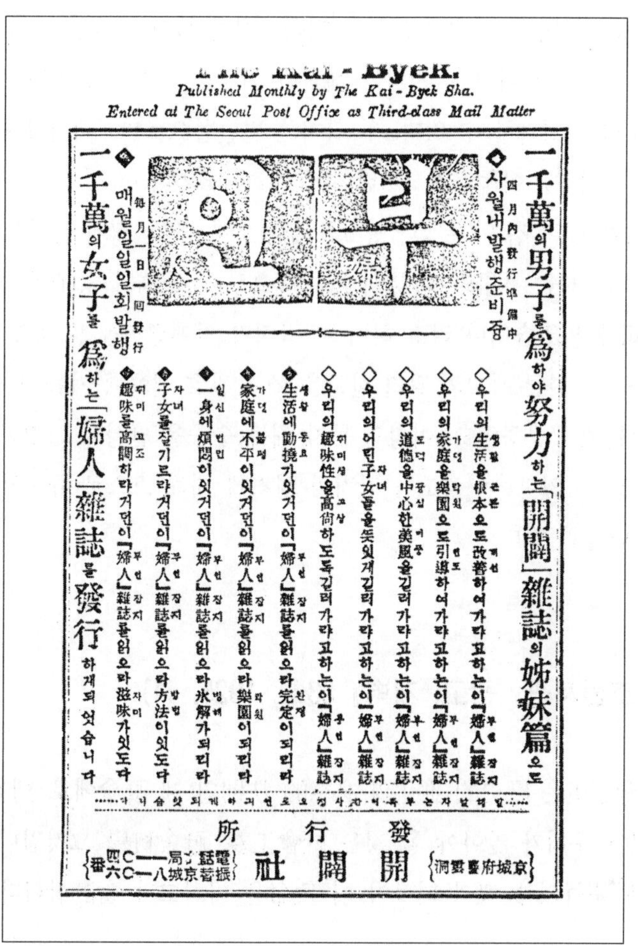

일신(一身)에 번민(煩悶)이 있거던 이 『부인(婦人)』잡지(雜誌)를 읽으라 빙해(氷解)가 되리라

자녀(子女)를 기르랴거던 이 『부인(婦人)』잡지(雜誌)를 읽으라 방법(方法)이 있도다

취미(趣味)를 고조(高潮)하랴거던 이 『부인(婦人)』잡지(雜誌)를 읽으라 자미(滋味)가 있도다

모두 열 줄로 이루어진 이 광고문은 잡지의 성격을 주장하는 다섯 줄과 잡지를 읽어야 할 독자를 가정하고 있는 다섯 줄로 나뉘어져 있다. 생활 문제, 가정 문제, 풍속 문제, 자녀 문제, 취미 문제 등이 이 잡지가 개선하고 인도하고자 하는 내용임을 확인할 수 있다.

가장 많은 광고 횟수를 차지하고 있는 것은 〈개벽사〉가 간행한 잡지 『신여성』(『부인』의 개명)과 『어린이』이다. 잡지가 구체적인 대상을 생각하고 있다는 점에서 전문잡지로의 진보라고 평가할 수 있다. 두 잡지를 발간함으로써 〈개벽사〉는 종합지 『개벽』, 여성지 『신여성』, 아동잡지 『어린이』를 두게 되었다.

『개벽』 20호에 실린 잡지 『부인』 광고를 살펴보자. 중간 크기 글씨로"一千萬의 男子를 爲하야 努力하는 『開闢』 雜誌의 姊妹篇으로 一千萬의 女子를 爲하는 『婦人』 雜誌를 發行하게 되었습니다"라고 하여 두 잡지가 자매편임을 밝히고 있다. 이 광고의 가장 큰 특색은 다른 광고와 달리 한글을 쓰고 괄호 안에 한자를 병기했다는 점이다. 남녀의 역할을 구분하였고, 여성의 문자 해독 수준을 남성의 그것과 다르게 보았다는 사실을 알 수 있다. 이 광고는 잡지의 성격에 대해 스스로 규정하고 있는데 원문대로 보면 다음과 같다.

잡지 『조선지광』 광고(『개벽』 63호, 1925. 11)

우리의 社會環境은 歷史的 進化의 必然的 法則인 새 社會에로 刻刻히 달아납니다 이때에 있어 우리가 알아야 할 것은 社會主義, 社會科學 그것입니다

朝鮮之光은 朝鮮의 民衆과 더불어 이 使命을 다하고자 奮鬪합니다

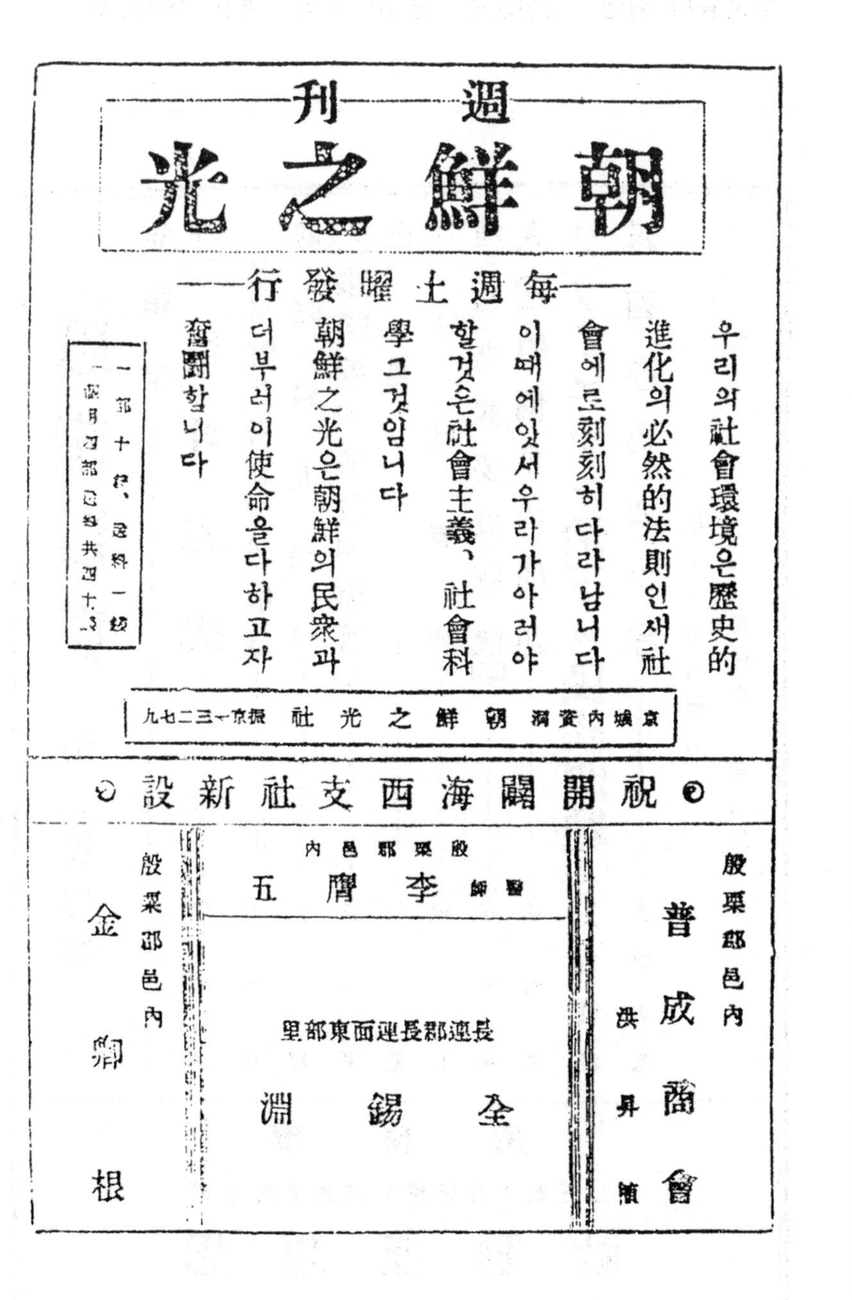
週刊
朝鮮之光
每週土曜發行
우리의社會環境은歷史的
進化의必然的法則인재社
會에로刻刻히다라납니다
이때에잇서우라가아러야
할것은社會主義、社會科
學그것입니다
朝鮮之光은朝鮮의民衆과
더부러이使命을다하고자
奮鬪할니다
一部十錢、送料一錢
京城內資洞 朝鮮之光社 振京一三二七九
祝開闢海西支社新設
殷栗郡邑內 普成商會 洪昇稙
殷栗郡邑內 醫師 李膺五
長連郡長連面東部里 全錫淵
殷栗郡邑內 金卿根

사상운동사 발행 『사상운동』 광고(『개벽』 58호, 1925. 4)

思想運動 第二號內容

卷頭言

맑스의 葬式 …… 赤旋生

科學의解放과思想의解放 …… 李相昊

國際婦人데이 …… 金鎔

人類鬪爭과解放의事實(一) …… 鄭一宇

巴里콤뮨 …… 白星

레ー닌畧傳 …… 秋帆

唯物史觀要領解說(二) …… 安光泉

人種的偏見の問題 …… 堺利彦

ソヴィエット治下の民族問題(一) …… 上田茂樹

露西亞の政治家 …… 高津正道

每月十五日發行

每部定價參拾錢

事務所

東京府下高田町雜司ヶ谷四五二

思想運動社

振替口座東京五六四一四番

조선농민사 발행 『조선농민』 광고(『개벽』 70호, 1926. 6)

사회주의 관련 잡지로 『개벽』에 가장 먼저 광고를 실은 것은 주간 『新生活』이다. 『개벽』 28호 『신생활』 광고에는 "본보는 現代史上의 最高基調인 社會主義의 立地에서 世界的으로 又는 現今朝鮮에서 隨時發生하는 社會問題 及 政治問題의 理論과 실제를 硏究紹介批判報道하는 것을 主旨로 하고 ○○하려는 朝鮮唯一의 言論機關이외다."라고 적혀 있다.

몇 년 후 『조선지광』의 광고 역시 사회주의를 노골적으로 표방하고 있다. '현대사상의 최고기조'로 조선의 사회문제 정치 문제를 해결하기 위해 사회주의적 입지에서 연구하겠다는 첫 번 글의 각오와 '조선의 민중과 더불어 이 사명'을 다하겠다는 다짐

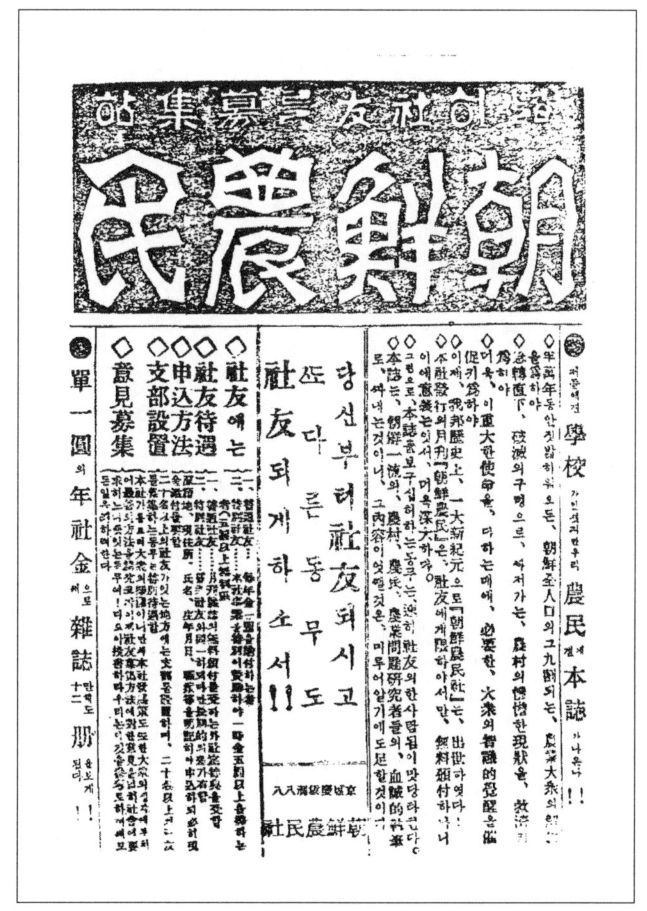

사이에는 확연한 차이가 느껴진다. 앞의 글이 조심스럽다면 뒤의 글은 확신에 차 있는 듯한 인상을 준다.

이 밖에도 몇 권의 사회주의 운동 잡지의 광고가 실렸는데, 노동잡지 『共濟』(조선노동 공제회), 『해방운동』(해방운동사), 『사상운동』(사상운동사), 『朝鮮農民』(조선농민사)이 그것이다. 특히 『조선농민』은 농민을 기반으로 사우(社友) 운동을 벌였으며 매우 선동적인 문구의 광고를 실었다. "우리에게 지식을 다구…… 평등을 다구…… 권리를 다구…… 자유를 다구…… 밥과 돈과 평화를 다구…… 농민은 사람이 아니냐? 우리도 사람이다!"라는 선정적 문구를 넣어 잡지의 기반을 확실히 밝히고 있으며 "반만년 동안이나 깜깜한 꿈속에서 헤엄치던 조선의 농민이 이제 바야흐로 급한 언덕을 구르는 큰 돌과 같이 여름 하늘의 벽력소리와 같이 그 깨어나는 그 소리가 커다랗게 울리었다."고 자신들의 목소리를 분명히 하고 있다.

II

근대 내면의 형성과 새로운 글쓰기

근대 초기에 요구되었던 신문화, 신문명, 신학문 등과 관련된 글들은 당대 매체들에서 쉽게 찾아 볼 수 있다. 시기적으로 1910년대 초반은 출판 관련 법령들과 신문지법, 교육법 등이 새로 만들어지면서 언론 통제와 억압이 심해졌던 때이다. 이러한 배경에서 애국계몽을 주제로 한 정치적, 민족적 성격의 출판물들이 폐간되거나 압수된다. 열악해진 그 자리가 구서적과 저급한 통속물로 채워지게 되자, 풍속을 걱정하고, 풍속을 해치는 신소설의 천박성을 비판하는 글들이 쓰여진다. 그 글들은 가치 있는 독서와 교육에 비중을 두면서, 근대적 문화와 교양을 갖추기 위해 요구되는 것과 독서를 양질의 것으로 만들기 위해 재고해야 하는 당대의 문제점들을 보여주고 있다.

시대적 변화와 그에 대한 요구는 근대 매체를 통해 개개인의 경험을 구성하게 된다. 그 경험이 상호 주관적으로 공유되면서 한국의 근대 문화는 구체적인 모습을 갖추게 된다. 근대적 삶의 주체로 표상되는 청년은 각종 담론을 통해 그들의 임무가 무엇인지를 보여 준다. 우리는 관련된 자료들을 통해 한국의 근대가 형성해 나간 문화, 교양의 내용에 접근할 수 있다. 이러한 담론의 독자이면서 필자, 혹은 편집인이었던 일본 유학생이 근대문화 수용의 중심이 되고 있다는 점도 주목할 부분이다.

유학생은 근대문물을 직접 먼저 경험한 후 자기 체험을 바탕으로 의식주에 대한 소견, 일상과 도시인의 모습, 학교교육, 여가, 취미, 위생, 경제, 노동(자)문제, 독서풍토, 여성교육 등에 대한 이야기들을 재구성하게 된다. 이 과정을 통해 근대문화의 내면화를 이야기해 볼 수 있다.

근대 내면 형성과 관련하여 당대가 근대인의 의무이자 책임으로 요구했던 '자기확립'이 어떠한 내용으로 이야기되고 있는지를 살피는 것은 중요하다. 매체를 통해 접할 수 있는 근대 교양의 수단으로서의 독서는 그 지향을 자기 각성, 자아확립으로 표상하면서 근대주체의 상을 만들어 가게 된다. 이 과정에서 주장되는 '자기'는 '천재'

나 '혁명아'로 표상되기도 하고, 자기 감정에 충실하면서 획득될 수 있는 그 무엇으로 설명되기도 한다. 여기에서부터 우리는 '근대 내면'이 어떠한 모습을 갖추게 되는지를 추적해 갈 수 있다.

내면을 발견하면서 탄생하는 근대 개인은 문학계에서도 새로운 제도를 필요로 하게 된다. 당대 현상응모 소설 기준에서 언급된 時문체, 현실성, 신사상 등이 그와 어떻게 연관되고 있는지 자료읽기를 통해 알아볼 수 있다. 이러한 변화들은 각종 매체를 통해 폭넓게 전파되면서 많은 독자층을 확보하게 된다. 이 점은 매우 중요하다. 매체가 보여주는 문학에의 관심이 문학인에게 한정되는 것이 아니라 당대성을 형성하는 구체적인 인식과 관념의 변화와도 밀접하게 연관되기 때문이다. 또한 인식의 변화와 새로운 제도 밑에서 만들어지는 문학작품은 時문체, 현실성, 신사상을 보다 생활에 밀착된 것으로 경험할 수 있게 했을 것이다. 따라서 이 지점의 문학사적 의의를 밝히는 일은 근대 내면을 이해하는 데 중요하다.

이와 같은 토대 위에서, 시기적으로나 구성원으로 1920년대를 주도하게 되는 『창조』『폐허』『백조』『폐허이후』 등이 만들어 진다. 이 문예지들에서의 개인, 자기, 감정 등에 관련된 논의들은 한층 세련됨을 갖추면서 구체적인 작품을 통해 근대 내면의 풍경을 보여주게 된다.

이 장의 자료들은 위와 같은 흐름을 순차적으로 볼 수 있도록 크게 네 가지 범주로 나누어 실었다. 근대 문화적 교양을 갖추기 위해 강조된 독서와 관련된 자료(자료 1~4),시대의 변화와 요구를 주도했던 일본유학생 관련자료(자료 5~7), 개인으로서의 근대인 형성과 관련된 감정(내면)과 자기를 내용으로 다루고 있는 자료(자료 8~12), 그리고 마지막으로 이러한 변화들이 문학계에서 제도화되는 한 측면을 보여주는 현상소설 심사 기준과 동인지 창간사(자료 13~15)를 실었다.

劍心(신채호), <談叢 - 근일 소설가의 趨勢를 觀하건데>, 「대한매일신보」, 1909. 12. 2.

1909년에 쓰여진 글이라는 것을 염두에 둘 필요가 있다. 구소설과 다른 형태의 흥미본위 오락적 소설이 범람하고 있는 세태를 비판하고 있다. 당대 유행하고 있는 소설들이 미인의 용모 묘사나 남자의 화류 신분을 묘사하는 것으로 독자로 하여금 淫心을 불러일으키는 음란한 소설 일색이었기 때문이다.

소설이란 국민의 나침반이 되어 강하고 옳은 곳으로 이끌어야 하는데, 당대 소설가들은 음란한 소설만 쓰고 있으니 사회가 어찌될지 걱정이라는 말이 반복되고 있다. 이러한 세태가 사람을 죽이는 일과 같이 심각하게 서술되고 있음에 주목할 필요가 있다. 권선징악의 구소설과 다른 소설이 사회적 문제가 될 정도로 널리 퍼지고 있는 현상에서 우리는 변화해가는 시대상을 엿볼 수 있기 때문이다. 그러한 세태를 우려하는 글쓴이의 심정과 함께 소설이 여전히 도덕적이고 교훈적인 읽을거리가 되어야 한다는 생각도 당대의 변화 속에서 되짚어 보아야 할 부분이다.

시대적 변화가 실감되면서도 그것을 파악하고 진단할 수 있는 기준이 아직은 공론화되지 않은 상태, 이것이 근대문화를 수용하는 근대초기의 혼란과 역동성을 만들어 내고 있었을 것이다.

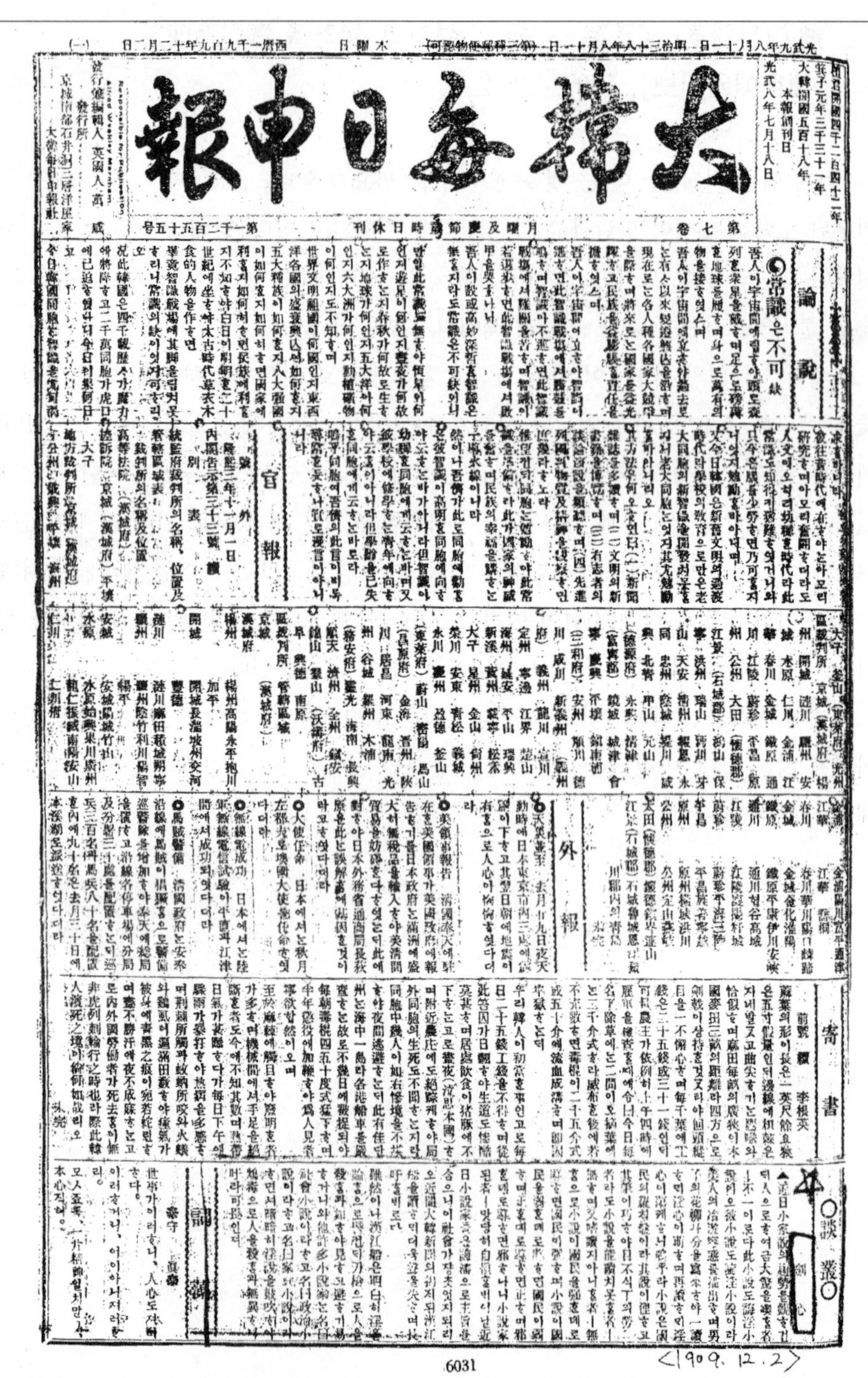

光武九年八月十一日 明治三十八年八月十一日 第三種郵便物認可 木曜日 西曆一千九百九年十二月二日 (一)

大韓每日申報

開國四千二百四十二年
箕子元年三千三十一年
大韓開國五百十八年

本報創刊日
光武八年七月十八日

第七卷 月曜及慶節翌時日休刊 第一千二百五十五號

發行兼編輯人 英國人 萬咸
Responsible for Publication Alfred Weekley Marnham
發行所 京城南部石井洞二層洋屋家 大韓每日申報社

論說

◎常識은不可缺

官報

外報

寄書

◎談叢◎

6031

<1909. 12. 2>

사설, <서적계에 대하여>, 「매일신보」, 1911. 4. 16.

이 글은 근대로의 전환기에 새롭게 등장한 소설에 대한 우려감을 보여준다는 점에서는 劍心의 글과 성격을 같이 한다. 그런데 검심의 글이 음란한 소설을 쓰는 소설가에게 비판의 초점을 맞추고 있다면, 이 글은 그러한 세류를 좇아 오락적인 소설 출판에만 매달리고 있는 출판가(서적계)에게 각성을 촉구하고 있다.

서적이라는 것이 유용하고 필요한 지식을 내용으로 할 수도 있고, 충효와 예의를 가르치는 서적도 있으며, 오락을 목적으로 쓰여진 책도 출판할 수 있다고 이 글은 전제한다. 그러나 당대의 서적계가 이 다양성을 무시하고 오로지 잘 팔리는 오락 목적의 언문 소설 출판에만 주목하고 있으니 그것이 문제라고 지적하고 있다. 서적계의 현황은 국민의 수준, 취미와 무관하지 않기 때문에 중요한 문제가 되는 것이다.

타당한 일견이다. 그러나 이렇게 생각해 볼 수도 있다. 사실 조선 사회에서 일반 백성이 책을 읽는다는 것은 쉬운 일이 아니었다. 글(한문)을 배우지 못했기 때문이기도 하고 서적에 접근하는 것 자체에 신분상의 제약이 있었기 때문이다. 그런데 시대가 변하면서 일반인들이 드나들 수 있는 세책점(貰冊店)이 생기고, 쉽게 깨칠 수 있는

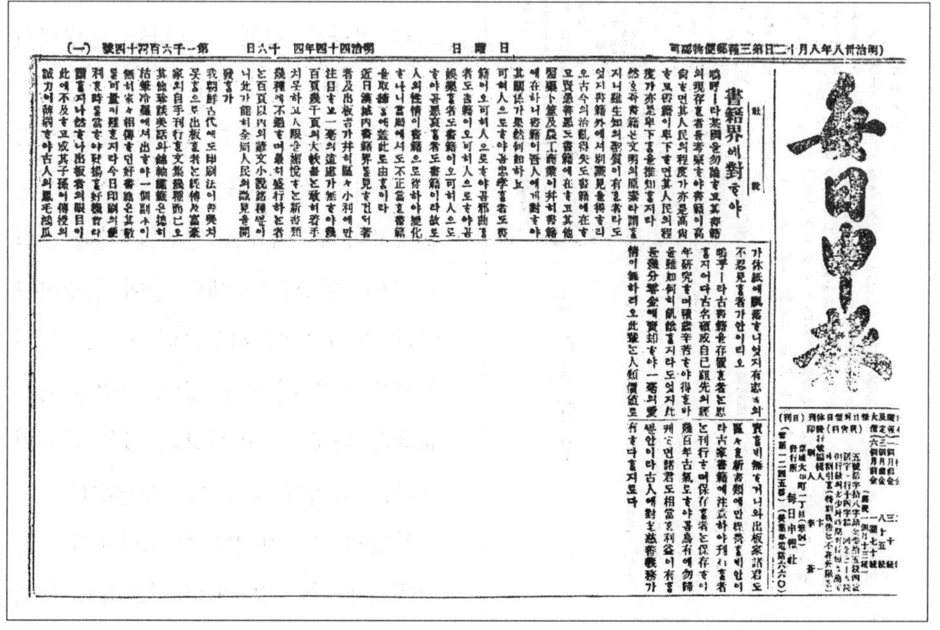

每日申報

社說

書籍界에 對ᄒᆞ야

한글을 배우면서 일반 독자대중이 형성되기 시작한 것이다. 이들은 언문 소설의 오락성을 즐길만한 수준밖에 되지 못했을 수도 있고, 아울러 한문을 익히지 못했기 때문에 언문소설 말고는 읽고 싶어도 읽을 수 있는 책이 없었을 수도 있다.

실제로 내용이 고상하고 관념적인 서적들은 언문보다는 한문으로 쓰여졌던 것이 현실이기 때문이다. 언문 소설의 유행을 개탄하는 것과 함께, 요구되는 고상한 내용이 한글로 출판될 수 있도록 하는 시대감각도 필요하지 않았을까 하는 생각도 이 자료를 통해 해보게 된다.

사회적으로 문제가 될 만큼 언문을 깨친 이가 많았고, 언문소설이나마 대중독자가 만들어지고 있었다는 사실은 중요한 시대적 의미를 지니는 부분이다.

외배, 「독서를 권함」, 『청춘』 5호, 1915. 1.

1910년대가 독서를 강조하는 이유를 설명하는 글이다. 외배는 독서를 통해 깨우치게 되는 진리와 교훈이, 원시적이고 빈궁하며 추한 상태에서 벗어나 풍요롭고 고상하며 화려한 문명생활로 나아가게 해 줄 것이라고 말한다. 독서는 이 문명생활로의 진화를 위해 노력하는 문명인의 한 자세이자 특징이 된다.

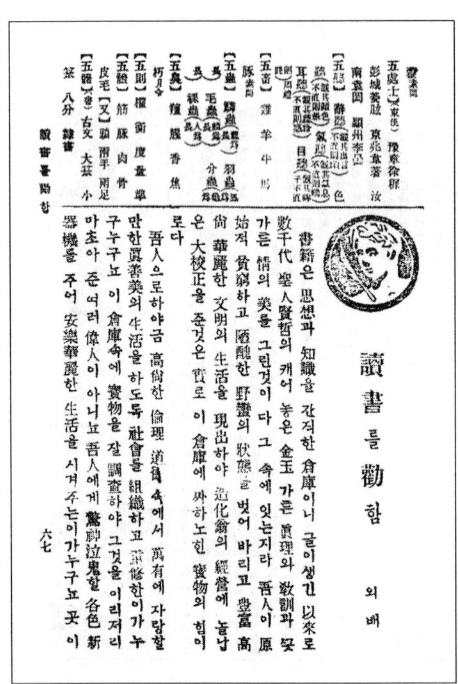

五處士(東漢) 豫章徐穉 彭城姜肱 京兆韋著 汝南袁閎 潁川李公
【五聽】辭聽 色聽 氣聽 耳聽 目聽
【五畜】雞 羊 牛 馬 豚
【五蟲】鱗蟲 羽蟲 毛蟲 介蟲 裸蟲
【五臭】羶 腥 香 焦 朽
【五則】權 衡 度 量 準
【五體】筋 脈 肉 骨 皮毛 【又】頭 兩手 兩足
【五體】(書) 古文 大篆 小篆 八分 隷書

讀書를勸함

讀書를 勸함

외배

書籍은 思想과 知識을 간직한 倉庫이니 글이 생긴 以來로 數千代 聖人賢哲의 캐어 놓은 金玉 가튼 眞理와 敎訓과 꽃가튼 情의 美를 그린것이 다 그 속에 잇는지라 吾人이 原始적 貧窮하고 陋醜한 野蠻의 狀態를 벗어 바리고 豊富高尙 華麗한 文明의 生活을 現出하야 造化翁의 經營에 놉난 大校正을 준것은 實로 이 倉庫에 싸하노흔 寶物의 힘이로다

吾人으로하야금 高尙한 倫理 道德 속에서 萬有에 자랑할만한 眞善美의 生活을 하도록 社會를 組織하고 □修한이가 누구누구뇨 이 倉庫속에 寶物을 잘 調査하야 그것을 이리저리 마초아 준 여러 偉人이 아니뇨 吾人에게 驚神泣鬼할 各色 新器機를 주어 安樂華麗한 生活을 시겨주는이가 누구뇨 곳 이

六七

정말 그런가? 하고 의문을 갖는 사람을 위해서 글쓴이는 서유럽국이 선진 문명국이 된 이유를 진화를 위해 노력한 서구 위인들을 예로 들어 설명하고 있다. 우리는 이 위인들의 노력을 역시 독서를 통해 배울 수 있다. 그리고 학교 교육은 바로 이 독서하는 법을 가르쳐 준다는 점에서 중요하게 설명된다.

문명의 수준이 떨어진 조선에서는 독서에의 노력이 몇 배 더 필요하며, 특히

【五土】 山林 川澤 丘陵 墳衍(水涯曰墳 下平曰衍) 原隰(高平曰原 下濕曰隰)
【五通】(佛) 天耳 天眼 宿命 他心 神足
【五品】 見五倫
【五賢】(東國) 金宏弼 鄭汝昌 趙光祖 李彦迪 李滉
【五刑】(周) 笞(自十至五十用) 杖(六十至百用) 徒(苦役) 流 死
【五刑】(漢) 墨(刺其顙) 劓(截其鼻) 剕(斷其足 又曰刖) 宮(丈夫去勢 女子幽閉) 大辟(死刑 又曰殺)
【五虎大將】 關羽 張飛 趙雲 馬超 黃忠
【五侯】(漢王氏) 王譚 王商 王立 王根 王逢時
【五患】(井地) 溝渠 道路 村落 井竈 【又】道路 城郭 溝池 古勢所

寶物庫의 임자 되는 여러 學者들이로다

吾人은 吾人보다 以上되는 吾人으로 進化되기 爲하야 卽 今日보다 더욱 高尙安樂한 明日을 가지기 爲하야 努力하는 性品을 가져야 하나니 이 性品이야말로 文明人의 特徵이오 民族의 가장 榮光스러운 天爵이라 엥글로색손族이 領土가 廣大하고 黃金이 累積함으로 世界에 양반이 아니라 섹스피어와 뉴톤 에디슨가튼이를 내엇슴으로 그러함이니 녯날에 벼슬 노픔이 량반의 要素이던 모양으로 오늘은 向上하자는 性品 잇슴이 량반의 要素로다 우리는 이제 文明人인지라 이 倉庫의 寶物을 말씀 調査하야 各各 適當한 用途에 쓰는 길을 硏究하여야 하겟고 또한 새로온 寶物을 캐어 倉庫에 寄附하여야 하리로다――될수만 잇스면 우리 손으로 이 宇宙의 未發見된 寶物을 말씀들추어 내어 倉庫의 뷘 자리를 마자 채워야 하리로다 設或 그는 不可能하더라도 少不下 古來 어느 時代보다도 더 만흔 寶物은 우리 時代의 遺物로 끼처야 할지니 우리 青年은 어서 이 倉庫에 들어가 한손에 촉불을 들고 한 손에 鉛筆을 들고 밤낫 업시 寶物調査에 着

齊 耕耘所及
【五孝】 天子 諸侯 卿大夫 士庶人
【五害】(管子) 水 旱 風霧 雹霜 厲蟲
【五行】 木 火 土 金 水
【五行相剋】 木剋土 土剋水 水剋火 火剋金 金剋木
【五行相生】 木生火 火生土 土生金 金生水 水生木
【五行相成】 天一生水地六成之 地二生火天七成之 天三生木地八成之 地四生金天九成之 天五生土地十成之(易象)
【五行始生之序】 水 火 木 金 土(禮記)

手하여야 하리로다

우리가 小學校 中學校 大學校에서 배혼다는것은 이 寶物中 重要한것의 이름과 이 寶物 찻고 보는 法을 배홈이니 卽 小學校에서는 極히 簡略한 目錄을 보여 주고 中學校에서는 조곰 더 複雜한 目錄과 極히 重大하고 簡易한것의 쉬운說明 몃개와 大學校에서는 좀더 仔細한 目錄과 그 찻게 이를 調査하고 應用하는 方法을 가르침이니 만일 이 줄을 모르고 조고마한 目錄만 본것을 가지고 제법 그 寶物의 大綱을 아노라 하면 큰 망발일지라

讀書는 精神的 糧食이라 하나니 人體의 健全과 發育이 物質的 營養에서 나옴과 가티 精神의 그것은 오쟉 讀書에 잇을지라 肉體를 重히 녀기어 肉體의 生活機能의 停滯를 슬퍼하다 하면 精神을 肉體와 가티――아니 보다 重히 녀기는 우리 文明人은 暫時라도 讀書를 廢하야 精神的 生活機能의 停滯되기를 至極히 슬퍼하여야 할지라 이럼으로 엇던 處地에서 엇던 業務에 從事하는이라도 貴한 時間에서 씨니때를 割愛함과 가티 讀書때를 割愛하여야 足히 社會의 趨勢와 步

笑天笑地

七十六、方死能言

甲 騎牛往野라가 聞大雷落牛하고 自謂電壓必死하야 臥在途邊
乙 問何故不起
甲 我는 電壓死
乙 死者何言
甲 我方死故로 能言

七十七、老人遠慮

甲 老人이 富貴兼全하고 子孫이 滿堂이라 設滿百歲宴할새 賀客이 塡門이어늘 仍

調를 가티하야 眞正한 文明人의 體面을 維持할지니 이 社會는 活社會라는 그 別名이 잇음과 가티 [illegible]의 間斷이 업시 推移하는것이니 暫時 낫잠자는 동안에도 우리가 섯던 行列은 가믈가믈 압서는것이라 우리 神經이 恒常 緊張하야 社會에 새로 나는 諸現象――모든 學說과 모든 思潮――을 探求한다 하여도 오히려 落伍되기 쉬우려든 엇지 一瞬時나 讀書를 廢함이 可하리오

하믈며 文明의 程度가 썰어진 民族으로 남을 따라가랴는 이는 남보다 數倍의 努力이 잇서야 하나니 대개 그는 恒常 移動하는 文明의 最高點을 따라가는 同時에 이 썰어진 若干 距離를 追及할 必要가 잇음이라 그러고 이 努力은 卽 精誠잇고 間斷업는 讀書니 文明程度 어린 民族과 讀書의 關係가 더욱 얼마나 크뇨

또 하믈며 敎育 文學 學術 宗敎等 知的 職業에 從事하는 이야 닐러 무엇하리오 그네는 맛당히 세끼 밥을 먹으면 여섯끼 讀書를 하여야 할지니 대개 農夫나 勞動者는 體力이 그의 미천이매 밥을 만히 먹어야 하리로되 그네는 體力 잇

皺眉不樂
乙 當此稀慶하야 翁何不樂
甲 我二百歲宴에는 來賓이 反多하리니 豈不苦乎

七十八、以刀報恩

主 一生에 慈善好施
客 因大雪하야 避於門家門
主 憫其狀하야 留之數日하고 又進酒肉
客 留三日에 辭別主人할새 請小刀
主 欲何用
客 我負爾의 恩이 [illegible]니 願以死自報
主 爾莫死하라 爾死하면 害我埋葬費五十兩
客 我爲爾不死하리니 爾還我埋葬費折半

슴으로 有用함이 아니오 그네의 存在價値는 오직 知力에 잇을뿐이니 만일 그네에게서 知力을 빼다하면 문득 아모 所用업는 廢物이 되고 말리니 그네가 엇지 暫時나 讀書를 廢하고 可하리오

讀書는 精神的 營養이매 精神的으로 사는 文明人은 讀書로 살아야 할지오 하믈며 文明程度어린 民族은 이것으로 제 地位를 놉혀야 살것이며 오는 時代의 主人이 되랴는 青年은 讀書로 恒常 文明의 最高點과 幷行하여야 하리로다

이제야 新智識의 潮流는 우리 半島에 向하야 손을 혀기도다 그 貴重한 열쇠는 우리 半島 新青年의 손에 쥐인바 되엇도다 아아 新朝鮮의 中樞되는 青年諸君이어 이 寶庫의 寶物을 辭讓말고 집어내어 우리 사랑하는 半島를 꾸미고 가장 貴한 寶物을 이 廣庫에 싸하 우리도 이 寶庫의 對한 發言權을 엇도록 하사이다

청년은 시대의 주인이 될 사람들이므로 더욱 독서에 매진할 것을 강조하고 있다. 독서를 해야하는 이유 설명의 핵심 키워드가 '문명세계와 진화하는 인간'이라는 점에서 주목되는 글이다. 문명, 진화는 독서뿐만 아니라 이 시기를 추동하는 핵심적 요소이다.

자료 4: 작자미상, 「청년과 독서」, 『신문계』 4권 3호, 1916. 3.

이 글은 독서의 필요성을 항목화하여 나열하면서, 특히 청년에게 독서가 강조되는 이유를 설명하고 있다. 청년이 누구인가를 물으면서 새 세대를 통해 변화를 희구하는 당대의 모습을 보여준다.

이 글에서 정의하는 청년은 단순히 젊은이를 의미하지는 않는다. 청년은 지각 있고 그 지각에 맞는 활동을 하는 자이며, 변화가 무궁한 원료와 같은 시기라고 이야기된다. 그래서 독서는 진정한 청년을 만드는 한 방법이 된다. 식견과 의지, 사상 등이 독

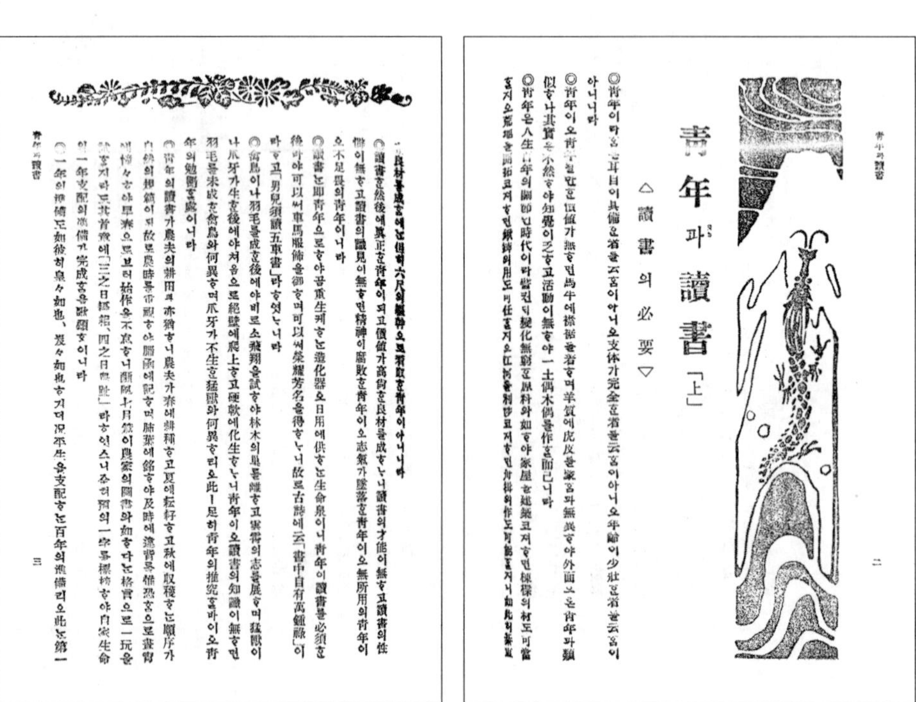

靑年과讀書

靑年과讀書「上」

△讀書의必要▽

◎靑年이라ᄒᆞᆷ은耳目이具備ᄒᆞᆫ者를云ᄒᆞᆷ이아니오支体가完全ᄒᆞᆫ者를云ᄒᆞᆷ이아니오年齡이少壯ᄒᆞᆫ者를云ᄒᆞᆷ이아니니라

◎靑年이오靑年될만ᄒᆞᆫ價値가無ᄒᆞ면馬牛에襟裾를着ᄒᆞ며羊質에虎皮를蒙ᄒᆞᆷ과無異ᄒᆞ야外面으로ᄂᆞᆫ靑年과類似ᄒᆞ나其實은不然ᄒᆞ야知覺이乏ᄒᆞ고活動이無ᄒᆞ야一土偶木偶를作ᄒᆞᆯ而已니라

◎靑年은人生百年의關節인時代이라譬컨ᄃᆡ變化無窮ᄒᆞᆫ原料와如ᄒᆞ야家屋을建築코ᄌᆞᄒᆞ면棟樑의材도可當ᄒᆞᆯ지오荒堀을開拓코ᄌᆞᄒᆞ면鍬鋤의用도可任ᄒᆞᆯ지오江河를利涉코ᄌᆞᄒᆞ면舟楫의作도可能ᄒᆞᆯ지니如此히無窮

二

…良材를成ᄒᆞᆷ에ᄂᆞᆫ但히六尺의軀幹이오포鄙劣ᄒᆞᆫ靑年이아니니라

◎讀書ᄒᆞᆫ然後에眞正ᄒᆞᆫ靑年이되고價値가高尙ᄒᆞᆫ良材를成ᄒᆞᄂᆞ니讀書의才能이無ᄒᆞ고讀書의性癖이無ᄒᆞ고讀書의識見이無ᄒᆞ면精神이腐敗ᄒᆞᆫ靑年이오志氣가墜落ᄒᆞᆫ靑年이오無所用의靑年이오不足畏의靑年이니라

◎讀書ᄂᆞᆫ即靑年으로ᄒᆞ야곰更生케ᄒᆞᄂᆞᆫ造化器오日用에供ᄒᆞᄂᆞᆫ生命泉이니靑年이讀書를必須ᄒᆞᆫ後라야可以써車馬服飾을御ᄒᆞ며可以써榮耀芳名을得ᄒᆞᄂᆞ니故로古詩에云「書中自有萬鍾祿」이라ᄒᆞ고「男兒須讀五車書」라ᄒᆞ엿ᄂᆞ니라

◎禽鳥이나羽毛를成ᄒᆞᆫ後에야비로소飛翔을試ᄒᆞ야林木의巢를離ᄒᆞ고雲霄의志를展ᄒᆞ며猛獸이나爪牙가生ᄒᆞᆫ後에야처음으로絶壁에爬上ᄒᆞ고硬軟에化生ᄒᆞᄂᆞ니靑年이오讀書의知識이無ᄒᆞ면羽毛를未成ᄒᆞᆫ禽鳥와何異ᄒᆞ며爪牙가不生ᄒᆞᆫ猛獸와何異ᄒᆞ리오此ㅣ是히靑年의推究ᄒᆞᆯ바이오靑年의勉勵ᄒᆞᆯ處이니라

◎靑年의讀書가農夫의耕田과亦猶ᄒᆞ니農夫가春에耕種ᄒᆞ고夏에耘耔ᄒᆞ고秋에收穫ᄒᆞᄂᆞᆫ順序가自然의規績이되故로農時를確服ᄒᆞ야腦函에記ᄒᆞ며肺葉에銘ᄒᆞ야及時에違背됨을惟恐ᄒᆞᆷ으로晝宵ㅣ悼々ᄒᆞ야早寒으로브터始作을不怠ᄒᆞ니豳風七月篇이農家의關書와如ᄒᆞ다ᄂᆞᆫ格言으로一玩을試ᄒᆞᆯ지라其首章에「三之日于耜、四之日擧趾」라ᄒᆞ엿스니춘히內의一字를標榜ᄒᆞ야自家生命의一年支配의準備가完成ᄒᆞᆷ을歡頌ᄒᆞ이니라

◎一年의準備도如彼히息々如也、汲々如也ᄒᆞ거던況平生을支配ᄒᆞᄂᆞᆫ百年의準備리오此ᄂᆞᆫ第一

靑年과讀書　三

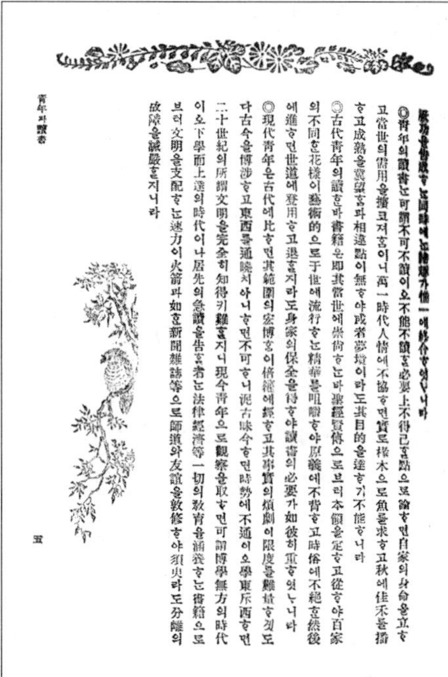

서를 통해 완성되기 때문이다.

청년에게 독서는 농부의 경작과 같은 것이어서 청년 독서의 시기와 때는 물론이고 근면과 성의는 중요한 덕목으로 이야기된다. 그런데 이 독서는 관념상의 즐겁고 유익한 일이 되어서만은 안되므로 시대인정과 불협화음을 만들지 않도록 하면서 현실적으로 그 시대에 유용한 것이 되어야 한다고 말하고 있다.

문명을 완전히 습득하고 동서고금의 지식에 통달해야 20세기 현대 청년이라고 할 수 있다는 설명에서 당대 청년에 대한 기대가 얼마나 대단한 것이었는지를 짐작할 수 있다.

안확, 「今日 留學生은 何如」, 『학지광』 4호, 1915. 2.

유학생의 입장에서 과거 유학생의 좋지 못했던 점과 현재 유학생들의 변화를 비교하고 거기에서 기대되는 당대 조선 유학생의 역할을 정리하고 있는 글이다.

근대화되어 가는 조선의 변화 속에서 근대 문명을 수용, 전달, 교육하던 유학생들의 역할은 중요했다. 그것을 자각하고 있는 유학생의 글이라는 점에서 이 글은 스스로의 위치를 돌아봄과 동시에 동료 유학생들에게 자기 점검을 촉구하는 글이었다고 볼 수 있다.

과거 유학생들은 권문세가의 자제들이 졸업증서나 가지고 귀국하여 호언장담하고 다니는, 허영심을 채우기 위한 유학이 많았다고 비판한다. 그 중에는 졸업장도 받지 못하고 유학했다는 명분만 가지고 돌아오는 사람도 많았다고 한다. 그러다보니 돌아온 유학생들은 조선에서 좋은 결과를 보여주기보다 악영향을 끼친 경우가 많다. 그래서 유학생의 가치를 불신하게 된 조선 사람들은 이 글이 쓰여진 당대의 유학생에게도 그러한 관점의 비판과 걱정을 하는 것이 일반적 경향이었다.

하지만 유학생인 글쓴이의 경험으로 보았을 때, 이 시기 유학생들은 과거와 다른 새로운 면모를 보여주고 있으므로 과거 유학생에게 가졌던 생각들은 바뀌어야 한다고 말하고 있다. 글쓴이는 당대 유학생들의 모습에서, 영어공부에 매진하여 문명의 원천 배우기에 힘쓰고 있다는 것, 역사공부에도 열중하여 자기의 위치를 깨닫고 개발에 애쓴다는 것, 유학생활에 필요한 비용도 스스로 해결하는 고학생도 많으며 그렇게 하려고 노력하는 학생들도 많다는 것을 강조하고 있다. 권문세가의 신분으로 허영으로 유학을 가서 공부는 안하고 졸업장만 가지고 돌아온다는 과거의 이미지를 쇄신하기 위한 내용으로 볼 수 있다.

실제로 이 시기 유학생들은 귀국 후 조선 근대화의 선봉에 서고 있어 글쓴이가 소개한 당대 유학생들의 모습이 사실임을 확인시켜 주고 있다.

작자미상, 「일본유학생사」, 『학지광』 6호, 1915. 7.

글쓴이가 따로 표시되어 있지 않지만 글의 본문에 일본유학 경험이 있는 사람에 의해 쓰여졌다는 내용이 나온다. 당대의 글에서 보기 쉽지 않은 통계자료 제시를 통해 일본 유학의 유래부터 당대까지의 유학 현황을 보여주고 있다.

과거의 유학생에 대한 시각이 좋지 않을 수밖에 없었던 이유가 성적표, 졸업생 수, 학비조달 방법 등의 객관적 자료에 의해 설명된다. 이 글이 실려 있는 『학지광』이 당대 일본유학생들에 의해 만들어진 것임을 감안하면 이런 자료들은 당대 유학생들의 면학 태도나 사상 면에 긴장을 주는, 자기반성의 계기도 되었을 것이다.

글의 서두에서 밝히고 있듯이 조선의 일본 유학사는 근세사의 정치적 영향과 관계가 있다. 근대문명을 배워오는 것으로서의 일본 유학의 역사가 임오년부터 당대까지 차례로 정리되면서 그 영향관계가 서술된다.

유학의 성과는 각종 통계자료로 제시되고 있어 신빙성을 높여 준다. 일본 유학 30년간의 통계를 보면 1,600여 명에 달하는 도일 유학생 중 졸업을 한 사람은 400명 정

204

206

207

도에 불과하다. 더욱이 졸업생 중에서도 확실한 대학 본과를 졸업한 사람은 겨우 9명이라고 나와 있다. 이 글이 쓰여진 때를 감안하고 보아도 놀라운 사실이다. 성적도 좋지 못했던 것으로 나타나고 있다. 이 외에 유학 초기인 임오년부터 유학생 단체가 어떻게 조직되었고, 학생 사조가 어떻게 변화해 왔는지를 이야기하고 있다.

주목할 것은 최근(당대)의 유학생 사정이 매우 긍정적으로 서술되고 있다는 점이다. 당대 사조는 실력주의 열풍으로 면학과 수양하는 학생들이 많아지고 있다고 적고 있다. 유학생 끼리 서로 돕는 결속력도 강해지고 성적도 좋은 사람이 많아지고 있다는 설명이다.

그런데 글쓴이는 유학생들이 소설과 철학적 취미에 몰두하는, 文弱에 흐르는 경향이 많아지는 것이 일본국의 풍조를 좇는 것 같아 우려된다고 말하고 있다. 실제로 1910년대 중반 이후 일본 유학생들에 의해 재편되는 조선 문단(문학)의 근대화 과정은 일본문학과의 관계 속에서(비교문학적 관점에서) 연구되어야 할 부분이 많다.

小星(현상윤), 「동경 유학생 생활」, 『청춘』 2호, 1914. 11.

일본 유학생이 많아지면서 그들이 전해주는 유학생들의 소식과 일본 풍경은 더 이상 먼 남의나라 얘기가 아닌 것이 되었다. 그것은 일본유학에 대한 더 큰 동경(憧憬)을 만들었을지도 모른다. 이 글은 바로 현재(당대) 동경 유학생이 보내온 일본 생활과 풍경이라는 점에서 조선 청년들의 호기심을 충족시켜 주었을 것으로 볼 수 있다. 이 글은 개인의 생활 감정을 기반으로 하면서도 낭만적 감상에 빠지지 않고 객관적이고 사실적인 일상을 전달해 주고 있어 文體면에서도 주목할만한 글이다.

'거처와 식사, 학교와 수업, 산보와 소요, 복습과 독서, 반가운 일요일, 목욕가는 니약이, 방문과 친목, 잇는 취미와 부러운 일, 듯고 보는 여러 가지 일'로 항목화되어 있는 이 글은 내용상 크게 교육과 독서, 일상과 여가에의 관심으로 나누어 볼 수 있다. 신교육과 독서는 당대 조선의 매체에서 쉽게 발견할 수 있는 중심주제이다. 그런데 이 글에서는 그러한 문명생활이 실제로 학교생활과 여가 속에서 어떻게 이루어지고, 어떤 종류의 독서가 행해지고 있는지 실감나게 전해주고 있다. 특히 등교하는 남녀 학생으로 활기 넘치는 동경의 아침 풍경은 놀라우면서도 부러운 시선으로 포착되고 있다.

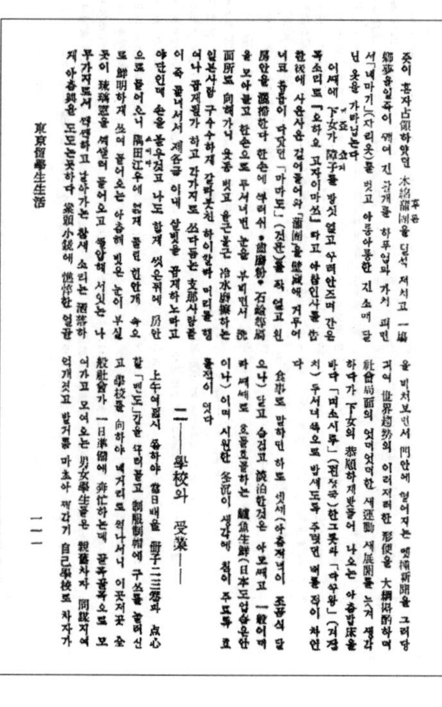

죽이 혼자占領하얏던 木綿蒲團(후똔)을 닐석 저서고 一場鄕夢을일즉이 깨어 진 김개를 하푸업파 가서 피면서「네마기」(자리옷)를 벗고 아롱아롱한 진 소매 달닌 옷을 가라닙는다

어제에 下女가 障子(쇼지)를 방싯 열고 수려안즈며 간온 목소리로「오하요 고자이마쓰」하고 아참인사를 삽한後에 사온사온 걸어들어와「蒲團」을 壁藏에 거두어너코 衣服이 다맛던「마마도」(저른)를 작 열고 된 房안을 掃除한다 한손에 세러쉬·齒磨粉·石鹼等屬을 모아 들고 한손으로 두서너번 수건을 부비면서 洗面所로 向해가니 웃동 벗고 울근불근 冷水摩擦하는 일본사람 구수수하게 갈하뭇친 하이칼라 머리를 헹어나 잡재짐가 하고 각가지로 쓰다듬는 支那사람들이 쭉 들너서서 제各금 이내 살빗을 꼽재하노라고 야단인데 손을 불우것고 나도 함께 씻은뒤에 房안으로 들어오니 隅田江(스미다가와)우에 덥재 흘린 힌연개 속으로 鮮明하게 쏘여 들어오는 아츰해 빗은 눈이 부실뜻이 琉璃窓을 뻐셀어 들어오고 향압해 서잇는 나무가지로서 啼啼하고 날아가는 참새 소리는 淸落하게 아츰瞑을 도도는듯하다 案頭小鏡에 憔悴한 얼굴을 비처보면서 門안에 떨어지는 新聞을 그러당겨어 世界趨勢의 이러저러한 形便을 大綱瞭解하며 社會局面의 엇더엇더한 새運動 새展開를 눈겨 생각하다가 下女의 恭順하게 밧들어 나오는 아츰밥床을 바다「미소시루」(된장국)한그릇과「다꾸왕」(저짐치) 두서너쪽으로 밥새도록 주렷던 배를 잠이 차던다

食事로 말하면 하도 셋재(아츰저녁이 조끔식 달오나) 담고 슴겁고 淡泊한것은 아모때고 一般이며 따 뻐세로 요-呑하는 鹽魚生鮮(日本모엽숨은한이나) 이며 시원한 冬沉이 생각에 침이 주르룩 흐를적이 엿다

二―學校와 受業―

上午여덟시 各하야 每日배올 冊子二三卷과 点心갑「벤도」갑을 싸머들고 制服制帽에 구쓰를 줄며신고 學校를 向하야 내거리로 뛰나서니 이곳저곳 소般社會가 一日準備에 奔忙하는데 골목골목으로 모여가고 모여오는 男女學生들은 親舊차자 問訊지어 어개것고 발거름 마초아 재각기 自己學校로 차자가

東京留學生生活 二一

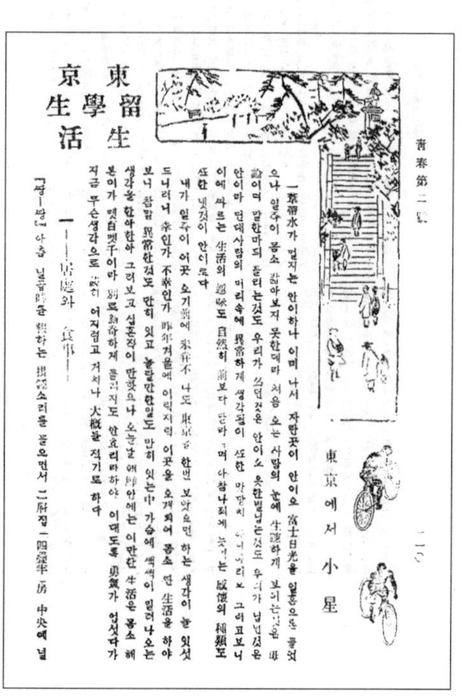

靑春第二號 二〇

東京留學生生活

東京에서 小星

一葉淸水가 멀지는 안이하나 이미 나서 자란곳이 안이오 富士日光을 일홈으로는 들엇으나 일즉이 몸소 踏아보지 못한데라 처음 오는 사람의 눈에 生疎하게 보이는것은 毋論이며 말한마듸 들리는것도 우리가 쓰던것은 안이오 옷한벌닙는것도 우리가 닙던것은 안이라 언대사람의 머리속에 異常하게 생각됨이 또한 마땅치 안이리오 그러코보니 이에 따르는 生活의 趣味도 自然히 前보다 달라지며 다참나지게 늣기는 感懷의 種類도 또한 넷것이 안이로다

내가 일즉이 이곳 오기前에 未嘗不 나도 東京을 한번 보앗으면 하는 생각이 늘 잇섯드니러니 幸인가 不幸인가 昨年겨울에 이럭저럭 이곳을 오게되어 몸소 연 生活을 하야보니 참말 異常한것도 만히 잇고 놀랄만한일도 만히 잇는中 가슴에 색색이 일러나오는 생각을 한아한아 그려보고 십흔적이 만핫으나 오는날 애歸안에는 이만단 生活은 몸소 해본이가 몃個子이라 別로 趣味하게 들리지도 안흐리라하야 이대도록 勇氣가 업섯다가 지금 무슨생각으로 엇지 어지럽고 거치나 大槪를 적기로 하다

一―居處와 食事―

[앙―앙] 아츰 날때時를 報하는 鐘소리를 들으면서 二層집 一四疊半 房 中央에 널

靑春第二號 一一二

논것은 넘온길이 중다하게 압파뒤에 들어닥칫는때 東京은 學生東京이란 말도잇거니와 果然 然하기도 하다 이나라의 오는날잇는것이 偶然치 안타는 생각을 하면서 한가지로 넘혀 서워 校門을 들어서니 七八千名 東西로 모여드는 光景 구경도 할만하다

쌩…쌩… 울어내는 鐘소리에 敎室로 들어가니門 열치고 들어오는 老博士들 威嚴와 風丰이 彷彿한게 社會問題가 엇저니 政治道德이 엇저니 藝術이니 哲學이니 滔滔數千言으로 滿堂한 後進을 爲하야 世界文明을 說去하는서슬에 가슴은 비똑좁으나 눗겨 니러나는 생각은 막을수 업고 누를수 업다

이러케 쏘고 부던 소리가 안이따 若留하고 眞摯한 質社會의 산 敎訓을 하도 四五時間式 배와갓다가 下午두서너時 쯤하야 冊褓를 묵거들고 散散이 헤여저 몰아온다

三——散步와 逍遙——

해는 서리지 하늘빛이 희미하고 안개는 써울라 江山이 자욱한때 終日 일하기에 疲勞하얏던 이것집들에서는 좁팔면 몸을 쉬기 爲하야 밝지게 들니는 琵琶 三味線(사미센)소리며 졸내나는 우슴소리에 家庭의 즐거움이 놀핫오며 술을 부는 보드라운 바람이 밝아가는 부검은 空氣를 가만가만 움직여서 소매귀들 가부압게 휘날리는때 방곳되는 「스텍」을 손에 떡 집어들고 길거리로 걸어나가니 煤煙도하다 滿都中에 반작이는 電氣燈 새스燈은 곳곳마다 不夜城을 지어잇고 눈압으게 前後左右로 지나가는 電車•自動車 모좋이모좋이 어껴여 다따난다

거름을 옴겨 一「町」二「町」나아가니 石製木製 二三層 놉흔 집파 우뚝우뚝 소사잇는 烟筒이며 번쯧이 알린「아스팔트」의「페이부멘트」마쭈가 눈부시게 걸어노혼「일미내순」이 모모다 四五十年 달른文明이나마 어지간하게 사람의 눈을 눈내며따 길게 쌩아 쑥 심하게 소리하는「사푸라이」의 넷노래들 들으면서 街頭에 竹間 발을 멈으니 이꼿저꼿으로 떼걱떼걱하는 鮮釗소래며 짱!하고 넘어지면 쏘다시 달겨곳는 宗道의 光景이 한아한아 귀와 눈에 들어오고 쏘 한便에서는「미드시오 미드시오 平和와 사랑은 하나님의 証據하신 吾人人類의 가장큰福音이니 사랑파 平和의 主되신 예수를 써파와 미드시

오」하는 救世軍의 路傍說敎가 잇서서 못는사람으로 하야곰 異常한 생각을 니르키게 하며라

四——復習과 讀書——

먹은밥도 삭일만하고 잣브던 몸도 恢할만할때에 冊床을 向하야 마조 안즈니 뚝닥뚝닥 좇아가는時針이 下午 어떤點을 가르친다 學校에서 배와온 課程冊을 이것저것 엣번식 넘어보고 이제서지 電氣燈에 부신 눈을 限十分동안 쉬인뒤에 워쓰워드의 詩集이며 에머쏜의 論文이며 유토제네쁘의 小說이며 오이켄•베룩손의 哲學等을 세어들고 人生의 內的生活이 엇저니 外的生活이 엇저니 하는 論辯과 生의 要求가 업스면 自我의 創造가 업고 徹底한 生의 覺悟가 업스면 徹底한 藝術이 업다든가 새生命은 새主義에 잇다든가 하는 問題에 고개를 끄덕끄덕 하면서 果然 오늘날 우리들에게모 머리부터 못싸지 쉬지안코 움직여 나아가는 새生命이 잇나나 업나나 하는 생각파 部分的•一時的의 現實에 躊躇치 안이하고 한거름 떠나가서 全體的•永遠的 理想鄕에 到達하랴는 生의 새要求가 어떠낫나나 안낫나나 하는 생각이며 우리모 그만 넙새가 무럭무럭 코를써르는 썩은 生活을 버서나서 밝고新鮮한 새그것을 차져가 하로밧비 詛咒할 이누떠를 써나서봇가 하는 空想의 醉醋에 醉한 사람가치 생가움때가 뙈야 스사로 을라 아무렴 그러하하야 肯定도 해보고 옹! 안이지 안이야 하고 否定도 해보다가 寺院으로서 쌍!쌍! 울어오는 十二時鐘소리에 홀촛 놀나 너불을 쓰고 고요하게 잠잠한 宇宙의 大自然파 한지 就寢한다

五——반가운 日曜日——

엿새동안 冊床에 달나부터서 머리가 뜨겁도록 애쓰다가 日曜日을 當하고보면 어떤 點으로 보면지 반갑기 그지업는때 아츰은 다른날보다 엣十分동안 늣게 니러나 食事도 閑暇롭게 마치고 電話로 잣가히잇는 親舊를 불너가지고 한거름한거름 上野•芝•日比谷等 公園을 向해간다

毋論 이날은 各階級의 男女老少가 구름모이듯 散步하야 모여오는 어이따 우쭉선히 公園中央에 서서 잇노라면 어떤애의 두할개를 父母두사람이 左右에서 납호아 의쥐고 천천히 걸어가는 모양이며 새색

東京留學生生活 一一三

靑春第二號 一一四

시 새서방의 겉음마초아 情답게 지나가는 모양이며 깔간 사포에 鄙은느린 婦人들의 무리무리 세지어서 지나는모양,딱처서 보내는「세쓰엘」파 쫓차서울나는「품울」에 죽을지살지 모르고 熱中하는 靑年學生들, 그네 뛰고 공굴리는 어엿본 어린애들 쌜가벗고 삼흘리며 흙 두두마리가 뙈야 서로가락 세미러내는 씨름군,보기연 天然히「씬쿄멘」찻다가도,남의 풍속에서 時計나 돈집어내는데는 一手잘하는 션어놈 形形色色 어떠 말할수 업고 이쪽저쪽 活動寫眞館•演劇場等이며 動物園•植物園•博物館等 여러곳으로 들어가고 나오는 사람이며 모좋이모좋이 나보아따 하는듯이 솟쑥 솟순 아모아모 銅像압헤 고개 저치고「아차 이것보아!」하고 몰너섯는 시골사람들 봉만하다 前左右에 암속암속 피엇는 各가지꼿이며 異常하게 자라는 雜種樹木이며 휘휘부는바람결에 구슬구슬 주론 물결은 너로키는 못 물파 綠色이 支宮이 가족하게 퍼저잇는 一字던이 모다 自然의 美를 極하야잇는데 일즉이 그림을 배왓더면 한번 그리보고 십흔생각이 무럭무럭 니러난다

조곰 고요한곳 차자가서「벤취」에 困한 다리를 쉬여가지고 圖書館으로 차자들어가 無數한 書籍 가운데서 二三時間 지내다가 빗겨흐르는 夕陽빗을 가슴에 막아안고서 이런말 저런말로 하로본印象을 너약이하면서 천천히「下宿」으로 몰아온다 엇던때는 이날에 四五新友와 소매를 가서의끌고 十餘里 或數十里되는 郊外에 遠足도 하여보고 或은 禮拜堂 演說會 가흔곳에 出席도하야 그들의 信仰의 表白이며 그들의 爽論의 唱道를 듯을때도 잇다

六——沐浴가는 너약이——

우리게로 말하면 八九歲안 되더래도 밴발벗는것을 無禮한일로 알아 아모리 五六月炎天이로되 싹싹 보선을 신는 風俗이지만 이곳으로 말하면 젊은이는 그만두고 八九十된 老人이로되 一年中八九朔은 맨발로 지내는비못이라 (이는 氣候의 關係로 因함인듯○) 우리도 이곳을 오는 날이면 依例히 발을 벗재됨으로 自然 발가흔것을 每日 씨서야 하고 衣服制度도 짧아지그으면 바람이 전놀건들 하게 되얏슴오로 따라서 살빗도 쉬이 검게 되야 一週日에 적어도 두번은 沐浴을 하여야 하게된터이라

手巾파 비누를 집어들고「湯屋」집門을 써들어서면 그쓸쓸의 骯髒한것과 設備의 周到한것은 果然 눈납다! 二三十人이나 넉넉하리만큼 넘재빈 浴槽는 溫水「세멘트」로 준문이 뙈야잇고 번뜻하게 깔닌 浴板은 모도다 돌이나 세멘트로 문의를 마춘것이오 여기저기 排設한 水道管도 裝置가 불만한때 머리씻는꼿 가튼것도 栓子를 한번 틀면 散珠湯이 쫙! 쫙! 쎄여지게 뙈얏며따 옷을 활활 벗고 左右로서「됴선사람됴선사람들」하는 넘사람들의 수군거림을 들으면서 얇간 몸이 서로 부비는 틈에를 들어가 재우면 이가운데도 불랍한것이 만히잇다—엇던 사람은 검북인가? 사람인가? 하리만큼 어붕어붕하게 몸에 刺字(「이레스미」)를 하얏는때 눈부름뜨고 아웅하는 모양도 그렷고 고기떼리 물납모양 이리가지를 삭여서 처을 보는 우리 눈에는 大端히 異常하게보이더라

이것前 우수운 니약이를 新聞 부치려 하노라 언제든가 이곳 갓 왓슬때에 엇던 親舊하고 沐浴을 가랴할새에 내가 그 親舊에게 옷은 엇더케 넘고 가나냐 무른쪽 그 사람도 역시 처음온 사람임으로 자세히 몰낫던지 對答하는마이「하가마」(禮式或正式으로 넘는옷)를 넘고 가는것이 조켓다하야 돌어 다 역 세여넘고 갓며니 다른 사람이 처대라고 우습게 보앗던지 옷을 벗어 광주리에 당아 빈곳이 남아 보는곳에 노코 들어갓며니 沐浴을 다하고 나와보니 잃오기도하고 충하기도하다 이러케 여러 사람이 다 보는꼿에서 어느덧 소매속에 잇는 돈주머니를 집어내엿다 우습기도하고 알밉기도하야 좋아와 主人집 老婆에게 이런말을 하니 깨닥깨닥 우서가며 하는말이「하가마를 닙고 갓거든 그런 일이 웨안이 잇겟소」하야 얼마동안 가치류하는 친구들 사이에 한조흔 우숨거리가 뙈얏던 일도 잇섯다

七——訪問파 親睦——

大都會의 엄물은 嚴도한데 二百萬의 吐하는 臭氣에 흐려진 空氣를 바다 呼吸하면서 해가 주울차도록 질을세나잇어 旅窓一方에 외로히 안졋오니 寂寞한 마음도 그지 업고 故鄕생각도 간절하다 關山이重疊하고 水路가 共長한때 故國이 此去멧千里나 日下長安에 黃雲만 아득하다 武藏野(무사시) 들어오는 서느러운

東京留學生生活 一一五

青春第二號

바람은 솔질업시 客子의 얼골을 찡그리게하고 江戶江 세여지는 헌달 빗은 슯흐게도 논이는 사람의 창자를 끈는듯하다 千絲楊柳의 푸른 가지를 맥업시 휘여잡고 멀니 西天을 바라보니 渺茫할손 雲樹뿐이오 空濶할손 靑空뿐이로고나!

이러한때에 「이즘 엇던가?」하고 웃는 얼골로門을 두드리고 차져오는 사람은 가치와 留하는 故鄕親舊들이라 깃봄인들 엇더하며 반가움인들 엇더하리오 손쪽 당기여 가치안자 처음 뭇는말은 어사이 집소식 드럿나냐 하는말이라 이말저말 우숨석긴 會話를 몃十分동안 밧고다가 「오늘저녁이 우리 留學生親睦會 通常會日이지」하면서 서로 익글고 니러서 [illegible]會處所로 차저가니 반갑다 東西南北으로 모여오는 會友들!

「아 그…런가」하는 慶尙道말소래 「사람이가 그래서는 얼하누」하는 平安道方言 「아 웨그럽시오!」하는 서울말 「저녁 잡숴셧가?」하는 黃海道쪽소래 서로반기고 서로뭇는것이 일주이 前부터 알앗으나 몰낫오나 勿論하고 모도다 乃兄乃弟라 눈을 돌려 살펴보니 얼골도 俊秀하거니와 風采도 堂堂하다

一一六

斐然이지 이社會야말로 將來우리곳의 꼿봉아리며 아울너 알맹이로다

이가온데는 치를 풀러 뱃머리를 돌리는「꼴니버시안」도 잇으며 굽은것을 바로잡고 늘린것을 펴서 安寧을 保護하고 秩序를 維持하는「쥬리스트」되랴는 사람도 잇으며 一枝의 붓을 들어 藝術의 意思를 그려내려는 文學者도 잇고 針한번 꼭눌너 온갖病을 고쳐내는 醫師님도 잇고 그밧게 農工商業•園藝•畜產•水產•理財•主計•士官等 各方面에 亘하야 낫낫그렴지 안흐리만한 智識社會며 또한 이가온데는 아모리 貧乏하다하나 朝鮮안에서는 有數한 財產家의 子孫들이라 어느點으로 보던지 朝鮮靑年의 中軸이라 안이할수 업더라

正正하게 討論하야 나가는 決議案과 滔滔하게 배앗는 暢達한 辯論과 慇懃하게 서로 勸하고 서로가다듬는 友誼를 못고보니 和氣가 融融하고 우숨소래가 가득차서 몸이 故鄕山川을 對하야 잇는듯한 생각이 나더라

八——잇는趣味와 부러운일——

겨울이면 板屋構造에 넘어도 치워서 손을 비운 火鉢를 조금도 떠나지 못하는일과 녀름이면 支離한 「梅雨」(쓰유)에 눅눅한 濕氣와 화닥한 泥濘이 사람으로 하야곰 못견대리만큼 귀로운 일도 잇으며 더욱「다우시」는 脚氣 가튼 異常한 風土病도 더러잇어서 東京이라면 얼골을 찡그릴만한 無趣味한 生活을 聯想케 하는일도 업슴은 안이나 나는 大槪 잇슬만한곳이라 하기를 쓰리지안노니 이는 人口의 만히 사는것으로 말해도 世界의 넷재로 가는곳이요 市街의 繁華한것과 交通의 便利한것도 東洋에 잇서서는 對업는 곳이라하야 그럼만이 안이오 다른 方面으로 크게 늣긴것이 잇음일세라

몬저 그중에재는 智識의 要求에 對하야 供給의 길이 十分完備함을 보앗슴이니 아모데 막바지 좁은골목과 열니지 못한 貧民窟을 간다하드라도 눈에 띤곳마다 여새우는것은 冊肆오 新聞雜誌縱覽所며 勞働者에재는 勞働者에게 相當한 書籍이며 雜誌오 小學生에재는 小學生에게 適當한 讀物이 잇으며 女子에재는 女子에게 關한 書物이 잇어서 몃十錢의 돈만 안이아깐 가젓으면 各各自己에게 切當하고 緊要한 智識과 思想을 느리재 될것이 어느날 어느때를 勿論하고 곳곳마다 演說이 잇고 講演이 잇어서 눈만 가젓으면 各各自己에재 쪽쪽 새어지는 본적부리의 鋒調와 現代의 새思潮 새傾向을 들을수 잇을이며

들재 그들에재는 周圍에 잇는 空氣가 매우 가부야움을 보았음이니 그들의 가는곳에는 몸이 납신납신 날아날듯이 조금도 거칠이 업고 그들의 머리속에는 新지고 새로와 爽하 살고쉬노는 피가 끌아단임이라

이것을 볼 나는 구경만하는 이生活이라도 매우 재미롭은것이라 하는 同時에 아울너 부러워함을 의이지못하야 하는바로라

九——듯고 보는 여러가지일——

工夫한餘暇에 新聞이나 雜誌를 펄고안즈면 오늘 엇던곳에서는 아모女史가 "Emancipation of woman"(女子解放)이란 問題로 演說하고 近日 아모夫人은 「哲學上으로 본 婦人의 位置」라하는 冊을 著述하얏다 하는말과 때때로 主人집 아이들을 차자 놀러오는 十四五歲 假量 되염즉한 女學生들의 步合算에

——(以下는九九頁에續함)——

東京留學生生活

一一七

青春第二號

대개 로쓰촤일드집은 英國과佛蘭西各집에서는 事業을 하얏스나 獨逸 墺太利 伊太利各집은 그저 平凡한富戶따 리오넬이 自己의社會的地位를 세우고 또 資產을 징정 느리는동안에 佛蘭西집에도 또한 알폰쓰가 잇섯스니 야곱의 맛아들로 죽은지 겨우 十餘年이라 별로 稱道할만한 功業은 업스나 마츰 普佛戰爭이 始作되야 普軍이 方張 巴里市街를 包圍하고 本營을 城밧게 잇는 알폰쓰의 別邸에 두엇스되 개와한장 건드리지 안이하얏스니 이것으로만 보아도 獨逸에 얼마나한 勢力을 扶植한지를 알것이오 또 露國이 佛蘭西資本을 얻어드려 後年 露佛同盟締結하게된 經濟上理由는 都是 알폰쓰의露國放債가 動機된것이니라

◉넷날부터傳來하는事務所와門牌

함부루 親類를 짓지안이하는家規는 그富가 全世界를壓倒하야도 依然히 다섯집이 代表가되니라 間或 한집의總長이 佛蘭西집에도가고 墺太利집에도가는일이 잇스나 今日에는 英國집이 世界에對하야 一家를 代表하니 그主人은 나다니엘 普通 로쓰촤일드氏라 稱하나니라

今年 七十五歲의老境이나 元氣가 充實하고 容貌는 사리스베리氏와 相似하니라 항상 倫敦 뉘유코로의 傳來하는事務所에 안젓고 그 마즌편에는 아우 레오폴드가 잇스니 主義는 保守게 기우러젓스나 交際는 매우 敏活하며 前代는 下院議員으로 마쳣스나 卽今主人은 上院議員의頭卿을 가젓스며 猶太人의子孫이 될지라도 英國前皇帝와 오래 相親하야 陛下가 각금 그집에 幸行한일도 잇나니라 邸宅의壯麗함은 보기에도놀라우나 事務所는 前前代 나산이 잇던때와 조금도 다름이업서 그 머럽고 수참한것이란 누가보든지 저것이 世界甲富의事務所인가 할지경이라 一千八百十五年六月 나산이 워털루戰場의 몬지를 부를쓰고 도라오든세와 기동한개 흘리지안이하고 그쁜안이라 쓴門牌가 그때것그대로 부쳐잇는지라「엔」「엠」두글짜는 나산과 그數名「베여」를 表示한것이니 그主人이업는데 오히려 그門牌를 부쳐둔것은 참 異常하다하겟더라

그리하야 로쓰촤일드집의富는 어대 잇나냐하면 歐洲各國政府에 先貸하야둔돈 各國에放債한돈 그外

九八

에 사드린 證券 諸株式 이런것이 勸產의主張되는것이니 로쓰촤일드의 머리에 쏜 王冠은 黃金이오 손에든 笏은 紙幣라 또 집안事業으로는 랑카샤야의 綿織 쉐필드의刀物工場 싸마이카의農業 새바씽의인도고 印度波斯의紡織 西班牙의鑛業 西伯利亞의森林 亞弗利加의金鑛 歐羅巴各市의倉庫 濠洲의田地 또世界到處大都市에 잇는 土地 이런데서 들어오는利益은 局外者의 容易하게 計算할수 업는것이라 어느好事者가 年四分利로 처보고 一年收入이 一億六千萬圓이 된다하얏스나 이것은 다만 짐작뿐이오 아죽 실수를 아는이가 업나니라

만일 倫敦 로쓰촤일드의 채장엽혜 노힌 鐵櫃를 열고 그속을 며들어볼수가 잇스면 今日에四十億萬圓資產이라 稱하는것이 或 그以上의 數字가 現出할는지 알수업다는 所聞이니라

——(一一七頁에서續함)——

單利算이 엇저니 複利算이 엇저니 하는 討論을 들을째는 거리도 걸어나가면 人力車組合압히나 勞働者休憩所압헤「합피」(下人의웃옷)에 쫑바지 닙은 車夫들이나 왜자자한 머리에 흘너매인 勞働者들이 新聞紙를 풀고 둘너안자서 袁世凱의 「우매라」가 엇더니 아모工場「스트라이크」가 엇더니하는 會話를 들을때에 얼골이 뜻뜻하야 붓그러움을 못익여 할적도 만히잇고 니약이하라 오는 이웃집 老婆에게 아모데 아모개의 아들은 法律에 血族結婚이 三等親까지라고 制限이 잇다고 警官의 訓戒가 잇오나 우리골온 죽오면 죽지 헤어질수 업다고 極近親 누의허고 結婚하엿다는말과 自己전넌집에 사는 아모개는 안해를 쌕쌕 한달에 한아식 어덧다가는 바리는 性質이어서 지금 설혼몟재 어덧다는말을 들을때와 新聞三面記事에서 엇던곳 누구는 무슨 을치안이하고 아모째 어대에는 엇던 모진 일이 낫는대 이러저리하고 이만저만하얏다고 쌀오집어낸것을 볼때에 뱃살을 쥐고 허리가 운키도록 웃는일도 잇어서 果然 東京生活은 가지各色으로 多趣多味한 詩的小說的이로다

그런데 못고보는 가온데 가장 깁히 늣기고 가장 크재 刺戟되는것은 아모리 一流가는 큰財產家로되 대때는 놀고먹지 안는風俗과 아모리 苟且한 살님이라도 子女敎育은 어대까지라도 애써식힌다는 風潮며 나는 내팔을부려먹고 내日을 산다는 習慣이라 남을 보고 스스로 살핌에 感慨인들 엇지 적오리오

이밧게도 보고못는일이 한두가지가 안이오 생각하고 늣기는배가 또한 한아둘이 안이나 紙面의關係로 아죽이만 畧略。 (七月一日、東京에서)

로쓰촤일드의富

九九

조선에서 이글을 읽는 청년들은 이러한 유학생들의 이야기를 통해 남녀 모두 공평하게 교육을 받는 것이 자연스러운 일이라는 것을 배웠을 것이다. 그리고 교육의 중요성, 수업의 진지함, 조선보다 앞선 문명생활에 대한 부러움, 조선 현실에서 느껴지는 안타까움 등 복합적인 심정이 문체적으로 잘 살아나고 있어, 조선의 독자는 같은 심정으로 당대의 선진문화를 간접 경험하면서 새로운 문장에 대한 감각도 익힐 수 있었을 것이다.

여가와 일상을 서술하는 데 있어 목욕과 산보, 일요일 등이 글에 소개되고 있는 것을 보면 그것은 조선에서는 아직 낯선 생활이었던 것 같다. 위생관념이 계몽되고 문화생활(여가생활)에 대한 개념이 만들어지던 당대 조선의 변화 속에는 이처럼 유학생들이 일깨워주던 정보가 큰 역할을 하고 있다.

최승구, 「情感적 생활의 요구(나의 更生)」, 『학지광』 3호, 1914. 12. 3.

1910년대 교육과 독서의 강조는 조선의 근대화와 진보에 대한 기대를 담고 있었다. 신교육과 독서에의 열망만큼 이 시대의 중요한 화두가 되고 있는 것이 情이다. 이 글은 바로 그 情에 의한 생활이 당대 요구되는 새로운 태도라고 말하고 있다. 왜 그것이 更生으로까지 말해지는 것인지 情이 의미하는 것을 따라가 보자.

편지형식으로 쓰여진 이 글에서 글쓴이는 현재 자신의 삶이 무디고, 혼잡하며, 나아갈 길이 보이지 않는다고 하소연하고 있다. 글의 제목에 표시되고 있듯이 그러한 상태를 벗어나기 위해 요구되는 것이 情感적 생활이다. 이것은 자기가 원하는 것이 무엇인지 확실히 알고, 그것을 추구할 수 있는, 자기에게 완전하게 충실할 수 있는 상태라고 설명된다.

즉 이 글에서 말하는 정감적 생활은 자기를 각성하고, 그 자아가 원하는 것, 다시 말해 자기 내면에 충실할 수 있는 삶을 바라는 것이라 할 수 있다. 개인으로서의 자기를 인식하고, 그 자기를 중심에 두는 생활이 근대 개인에게 요구되는 삶이다.

편지형식의 이 글은 고통스러운 내면을 그대로 드러내면서 자기를 확인하는 모습을 보여주고 있다. 이런 내면(情) 말하기를 통해 이 시기 청년들은 자기를 발견, 형성해 갔던 것이다. 이러한 종류의 자기 감정을 내용으로 하고, 그러한 내용을 전달하기에 가장 효과적인 편지나 일기 형식의 글들이 이 시기 매체를 지배하고 있었다는 것에서 우리는 당대 청년들의 자기발견(내면형성)에의 열망을 엿볼 수 있다. 글쓴이는 이 열망 자체가 자기의 진보라고 말하고 있다.

최승구, 「너를 혁명하라!」, 『학지광』 5호, 1915. 5. 2.

세계사적으로 혁명이라는 것이 파괴와 건설의 과정을 거치며, 그것은 진보를 지향하는 것으로 정리될 수 있다는 전제에서 시작되는 이 글은, 어느 분야에서든 혁명은 이와 같은 이치로 작동됨을 주지시킨다. 그리고 이 시기 조선에서 요구되는 혁명의 내용이 무엇인지를 알고 깨뜨릴 것과 나아갈 방향에 대해 자각하라고 촉구하고 있다.

이 글이 서두에서 예로 들고 있는 통치권(정치적) 혁명, 민족의 혁명, 계급혁명, 예술의 혁명 등이 본문에서 궁극적으로 주장하고 있는 개인의 혁명과 무관하지 않다. 이것은 근대사회로 진입하는 데 있어 당대의 시대적 요구가 어떤 의미를 지니는지 파악하는 데 넓은 시야를 제공한다.

조선의 사람을 향해 '깨어 일어나라, 자기를 찾아라'를 외치는 이 글은 직접적으로 '나는 개인적 혁명(revolution of Individuality)을 요구한다'고 말한다. 혁명이 가능하려면 사상의 변화가 있어야 하고 진보의 지향이 핵이 되어 내부로부터 움직임이 일어

暗室에서生長한大豆菜가軟할지나、葉綠素가업스며、幽谷에서結實한覆盆子가甘지라도、甘味는업는것이다。日光을밧지못한大豆菜가、비록形姿의列에參例한다할지라도、同化作用을하지못한것은、植物의資格하는不足가안이겟스며、綠熱을밧지못한覆盆子가、비록濃味에外觀은똑혹하다할지라도、酸味가消化치못한것은、果實의完全한成熟이라할수업는것이다。

頭角을들고超立함으로만뿐이안이오、光線을利用하야物體를觀察하여야할것이니、먼저우리의標識입은물것이오、우리의模型이나體積을보아야할것이며、다음에彼의奇麗한色彩와、美妙한組織을보아야할것이다。黑時洞窟에서手探로衣食을取하고、隱遁으로敵을避할시기가안이오、침진洞口로나와서、手探에觀察을代하여야하겟고、觀察에探檢을代하여야할때이다。

觀察眼은鍊習을繼續함으로、作用이敏活케되는바이나、만일長久히停止할때에는、軸에故障이生하야眼球은、廻轉치못하는以上의境遇에싸지이르는것이다。볼돈어떠한샘릿지밋해서游泳하는魚類가眼球는수렷하지하되、方向을보지못하는것은、샘릿지가架設된以來로、長久한동안을光線밧지못하야失明된所以라한다。이것을못고、우리는본종이滅亡되기前、그샘릿지가撤壞되기前에지는、그魚類가漸漸退化하야眼球은、奇怪한無眼魚가動物學의新標本이될것을推測할것이로다。

熱을밧은海面의水分은自由로蒸發되는것이오、觀察이明晰한自然界의人生은不滅의態度가생기는것이나、陰冷하면凝結되는것이오、觀察이업스면退縮되는것이다。凝結하야못치지안이하면、氷河가漸漸增加되어、여기서世界의末期가니를것이오、退縮하야물너스기만하면、追究와束縛이愈尖甚하야、여기서人生의末路가이로는것이다。——우리는色과熱을밧기爲하야、光線밧는革命을안이할수업게되엿다。

——風向을마저라。

우리의居處하는곳은牢獄과無異하야、北窓밧게는門戶가업스며、窓밧그로오는灰色의日光이投射될뿐이이오、乾燥한空氣에것치못하야、濕한것은健康에逼迫을加하고、呼吸은窒息되게된다。淸鮮한空氣의呼吸이업이면、淸鮮한心理作用이與起되지못할것이며、風力에接觸되지못하면、剛硬한耐久力을가지지못할것이다。大氣의變化는軟風과强風이잇는것이어니와、强風을當하야보지못한者는、强風에서行進치못할것이오、平穩한水面에서만穩習한者는、險惡한海洋을航行치못할것이다。成衆의歷史와各地의報告는、우리의게氣壓計를보이는바이니、이것으로、우리生活의經路에는平穩함보다波濤가만고、晴明함보다風雨가만흔것을確

十四

136

知할것이로다。

風向은大氣의移動뿐안이오、思想의潮流까지包攝하야오는바이니、사이폐리아와만추리아를넘어서오는朔風은、러시아사람의偉大한意思와長足의進步이며、淸韃한平原에서群馬가亂躍하고胡笳가哀奏하는것을늣길수잇스며、오스트렐니아로부터필닙핀群島를건너서오는蒸風은、未開地의侵略과比美의關係를짐작할수잇는것이오、아시아마인어와의쎗트高原을넘어드러오는西風은、셈만族의勃興과全歐의動亂이며、터키族의衰弱과半月旗의無色하얏든것을聯想할수잇스며、太平洋에서하와이를싯처서드러오는東風은、新大陸人民의熱狂과萬餘同族의苦留하는것을刺戟밧을수잇는것이다。原因이잇섯기에結果가잇는것이니、些小한變態인들엇지無意識하게看過할것이냐。——우리는與起하고思潮밧기爲하야、新風向을맛는革命을안이할수업게되엿다。

二

——自己를차저라。

우리는自然으로부터空間이업시包圍되여잇고、사람으로부터連鎖와갓치接觸되여잇슴으로、거의自我를認識치못하게되엿고、自我의存在를忘却하게되엿다。더나、宇宙는個體의單位로부터組織되엿고、個體는個性의特殊한것으로組織된바이다。A와B가잇슬때에는、A와B가個體되는同時에A와B가갓지안이하며、混同되지못할것이오、彼와我가잇슬때에는、彼와我가個體되는同時에彼와我가갓지안이하며、混同되지못하는것이다。

우리는肉이나骨의本質——化合된元素——이갓고、構造되는樣式이갓다할지라도、細胞의組織이나纖維의接着面이갓지안이할것이오、長短이나比重이또한다를것이다。우리의게는遺傳과習慣에共通되는點이잇다할지라도、器官과本能이다르고、倫理的이나、論理的이나、美的의良心이다를것이며、이것을統一하야積極或消極으로隨行하는權威가또한다를것이다。萬有物體의實在를認識하는것도、自己를中心으로하는意志에서나오는것이오、A를變치안이하고A로보는것도、自己를中心으로하는統一性에서나오는것이다。

其間에우리는如何한狀態로經過하얏나。——쓰려하야도쌔여지지안이함이안인가。우리의肉과靈은束縛을當하얏다。우리는被征服者가되엿다。우리는奴隸役이되엿다。참으로、우리의器官은動치못하고、本能은發作치못하며、良心은殘殼만남게되엿고、統一性은이러버리게되엿다。苦痛을늣기게되지못하고、自由의運動을엇지못하고、恥辱을記憶치못하게되엿스며、祖先이나財產을主張치못하게되엿다。人格의權威는地에墜하

十五

137

야今然히踐踏을當하얏고、救치못할破滅이眼前의殺과갓치逼迫하얏다。

나——저세가말하기를「[illegible]너의感情과너의思想의背後에는、엇더한힘세인主人[illegible]보지못한는哲人——이잇다。그의일홈은自我라하고[illegible]는너의身體에서살고、너의身體에서[illegible]이엿다。[illegible]이라는바自我——self——는、感情과[illegible]는權力意思를意味함이엿섯다。우리는[illegible]——yourself——의力을빌지안이하면[illegible]다。直接으로戰鬪線에내여노치안이하면안될것이다。直接내세우기前에먼지求하여야할것이오、喚起치안이하면안될것이다。

우리는그自我와交涉한지오랫섯슴으로、一個에喚起하라면、絕叫치안이치못할것이오、强力으로이르키지안이치못할것이다。喚起하야、우리는前과갓치[illegible]의우리가되지말고、內容이充實한우리가되여야할것이오、部分의우리가되지말고、全體의우리가되여야할것이다。우리가우리된後에、肉과、感情과、良心과、本能을統一하야權威를세우며、生活의途로나아갈것이다。

——生活하여가거라。

主張을알고、退治를알고、攝取를알엇스나、아는것을希望으로하야、希望을實現치안이하면안되는것이니、——即우리는우리性格에適合한生活法則을發見하야、現實界에서生活하여가지안이하면안될것이다。

歷史가法則을標榜하고、前後도法則을暗示하는바이나、生活의法則은時代를짜러서變하고、사람을짜러서다른것이니、前에는前의法則이잇고、彼의게는彼의法則이잇슬터이나、우리의게는우리의法則이잇는것이다。鎖國時代에는道德의法則을行하엿다할지라도、門戶를開放하야異民族이侵入하는때에도、固若한道德만직힐수는업는것이며、强하야高位에섯는者가平和를부르다고、弱하야低級으로써러진者까지平和를사절수는업는것이다。

우리가우리의境遇로生活法則을發見코저할때에는、自由意思의自覺으로發見할것이오、不絕히衛起되는實感으로發見할것이며、欠缺이잇는대로創造할것을發見할것이다。自覺이안이면防備치못하고、實感이안이면熱烈함과繼續的이되지못하며、創造가안이면完全하지못한것이다。尺度가曲直한것을보앗스면、直하게할것이오、自己의所有가他의占有로간것을세다랏슬때에는、即席에還收할것이며、他의게는矛가되고나의게는盾만되얏슬때에는、나도矛를만들어야할것이다。

우리는前時代의사람보다、生活을極致히尊重하여야할것이며、理想보다行爲를尊重하여야할것이다。一生을苟且히보내려하거나、生命의維持에만滿足할것이안

十六

138

이라、生으로부터死에까지圓滿한生活을할것이오、더욱永遠히圓滿한生活을할것이다。觀望이나、推移나、依賴가업슬것이오、自己의일은自己自身이正確한——굿세인——實行하여야할것이다。保守보다前進을要求하고、存在보다向上을要求하는것이나、前進과向上에는目的하는處所가잇는것이니、우리의的點은우리가아는바이어니와、그的點을一直線으로向치안이하면안될것이다。——正히的을忖度하는弓手는、비록雲漢이浩澔와갓치奇觀일지라도、그곳에流眺할수업는것이며、火熊가叢藪에서飛躍한다할지라도、그곳에迷惑할수업는것이다。

——十倍의速을더하여라。

文化의程度는共通點에서、一個의線을劃할수잇는것이니、現時列國의狀態가多數相等한點에依하야、所謂文明의線을劃하고보면、各國의人民은此界線以外에서活躍함을可知할것이다。種族間의進步는線의單位로부터、或十餘間、或二十餘間의距離를表示하야參差不齊하나、猶恐不及하야全力으로先頭를競爭하는바이니、最近民主主義의勝利者될손은、自國의法律이社會狀態의變化와相伴치못하야、人民의進步된程度가出發點에서遠逕함을慨歎하얏고、世界에서希望하고標識하는點까지遠하라면、合理的進行의豫定보다、二倍速度의要求함을絶叫하얏다。

這의絶叫는우리로하야금悚懼스럽고、붓그럽게한다。보아라、우리의位置는如何한地點에잇나……。這들은文明의線에서、더나은文明더놉흔文明을要求함이어니와、우리는더못한文明、더얏흔文明의線까지가기에도前途가尙遠하얏고、文明線以內——第二線의出發點에도아즉到達치못하얏다。

線은固定한것이안이오、움작이는바이며、一個에限함이안이오、數多히잇는것이니、幼稚園이나、小學、中學、大學運動會의競技線이不同할것이오、出發點도짜러서다를것이라。우리는大學運動會에參列할年齡을격엇고、體長도가젓스나、周圍에서는우리를成年으로認定치안이하며、完全한人格을許與치안이한다。這들은大學運動會의會員이어니와、우리는中學의徒步競走에서落選하얏다。이로부터우리는、大學의選手競走——成人을宣言하는競走——를하여야할것이다。이線이點에서出發하야、目的點에이르러成人을宣言한後에、그線그點——大學運動會의競技線——에서、或驅走하여야할것이다。

하면、우리는이線이點에서、그線그點을넘어最高級線까지達하기에、幾倍의速度를要求하겟는가。——직

十七

139

나야 한다. 그런데 그것은 거저 얻어지는 것이 아니다. 요구하고 움직여야 가능하다. 이것이 바로 '자기를 찾으라'고 외치는 이유이다.

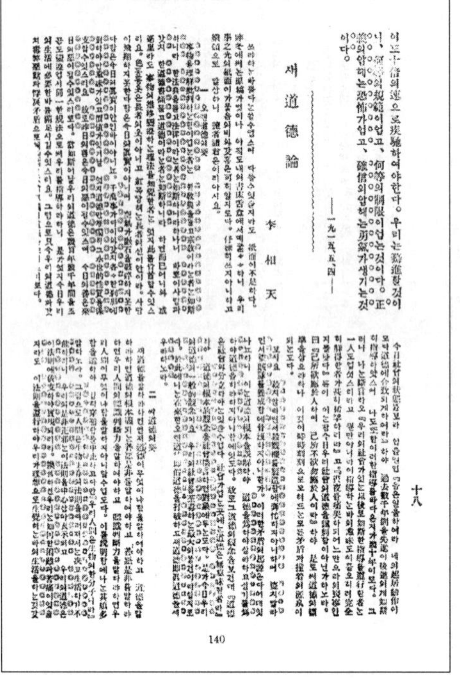

새道德論

李相天

—一九一五, 五, 四—

140

세계가 개체로부터 조직되므로 세계를 이해한다는 것은 인간 개인을 중심으로 하는 데서부터 비롯될 수 있다. 혁명도 변화하는 세계의 흐름을 이해하는 것이므로 자기를 찾으려는 내부의 혁명으로부터 자각될 수 있는 것이다.

그런데 조선의 상태에서 사람들은 자기의 감각과 본능을 드러내면서 살아오지 못했기 때문에 자기감정, 자유 등을 누리는 방법을 알지 못한다. 따라서 몸과 마음, 감정, 양심, 본능 등 총체적으로 자기 자신을 각성하는 것이 필요하다. 이것이 자기 혁명의 내용이다. 그렇게 자각된 자기를 통해 생활 속에서 자유의지를 실행하고 삶을 실감하는 것이 중요한 일이 된다. 왜냐하면 그러한 생활 속에서 시대의 변화를 자기가 몸소 깨달을 수 있기 때문이다. 문화의 정도가 많이 뒤떨어진 조선에서는 그러한 노력이 몇 배 필요하다는 것도 이야기되고 있다.

자기 각성에 대한 강조는 이 시기 시대적 소명처럼 이야기되던 것으로 매체에서 쉽게 접할 수 있는 주제이다. 그런데 이 글에서 그 각성된 자기가 실제 생활 속에서 행동과 만족을 통해 세계 진리를 찾아야 한다고 강조하고 있는 부분은 새롭게 주목해야 할 부분이다. 이 시기 열렬했던 진보에의 열망은 이상보다 행위를 존중함으로써 생활 속에서 가능한 것임을 일깨우고 있기 때문이다.

김억, 「예술적 생활」, 『학지광』 6호, 1915. 7. 23.

글의 제목이 보여주고 있는 예술에 대한 이야기가 당대의 변화, 그 중에서도 개인으로서의 자기 각성과 밀접하게 연관되고 있는 글이다. 근대문명의 수용이 혁명처럼 요구되던 당대의 풍경이 어떻게 예술과 만나고 있는지 살펴볼 수 있는 자료이다.

이 글 역시 앞의 자료 「너를 혁명하라」와 마찬가지로 예술은 인생 즉 실제 삶 속에서 가능한 것이고 또 그래야 의미가 있다는 얘기를 강조한다. 실제 인생이 아닌 이상과 환상 속에서의 예술은 眞人生의 의미를 담아낼 수 없기 때문이다. 그런데 이 眞人生은 사람의 중심, 생명으로 이루어지는 것이므로 모든 예술의 기본은 생명 있는 자기 자신으로부터 가능하다는 논리가 성립하게 된다.

이 생명이 실제 인생을 긍정하는 현실에서 비롯되는 것이고, 예술은 바로 그것을 담아내어 진리를 찾아가는 것이 된다. 그러므로 예술적 생활은 각성된 자기의 생명을 통해 체험되는 실제 삶에 대한 긍정이라 할 수 있다. 현실을 초월한 이상세계 추구를 목적으로 하는 과거의 문학(예술)관과 비교하면서 어떠한 변화과정을 거쳐 근대적 예술(문학)관이 성립하게 되었는지를 생각해 볼 수 있는 글이다.

백일생(白一生), 「문단의 혁명아야」, 『학지광』 14호, 1917. 11. 20.

1910년대가 근대 문명에 대한 관심과 조선 근대화의 열망으로 가득찼던 전환기의 시기인지라 당대의 시대적 기대감과 바람은 '혁명'처럼 역동적인 어휘로 표상되고 있다. 앞의 자료에서 우리는 자아각성을 자기혁명으로 이야기하는 것을 이미 보았다. 마찬가지로 이 글에서는 새시대에 맞는 사상과 사명감을 조직해 낼 문단 구성에 필요한 새 인물을 '문단의 혁명아'로 부르고 있다.

이 혁명아에 대한 요구는 당대 조선 문단의 현황을 설명하는 것으로 절실함을 배가시키고 있다. 그리고 조선의 문단이 낡고 썩은지 오래인 만큼 혁명을 열망하는 것도 그에 비례할 것이라고 말하고 있다.

인습에 속박되어 개성이 소멸하고, 활기도 없으며 자유의 생기 능력마저 없애는 조선문단은 마치 도학선생류의 연설

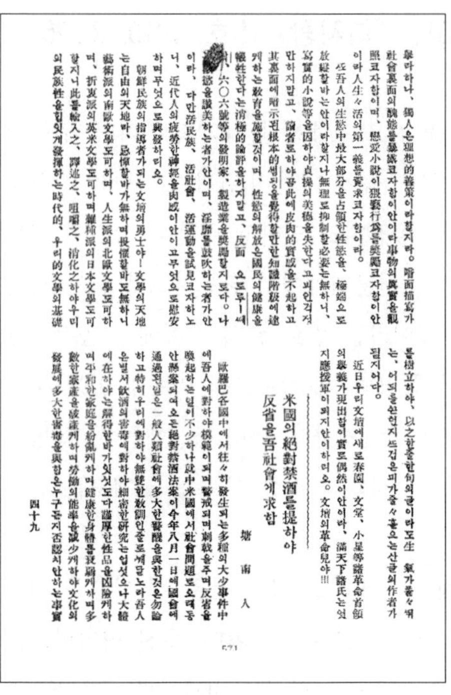

같은 것만이 범람하고 있다고 비판된다. 예술에서 실생활과 생명을 강조하던 앞의 자료들과 일맥상통하는 부분이다. 그래서 이 글은 조선의 문단을 혁신할 혁명아를 찾고 있는 것이다. 이 혁명아는 현사회의 도덕과 핍박을 두려워해서는 안된다. 글쓴이는 도덕이란 정해져 있는 것이 아니라 시대적 산물이라는 것을 염두에 두라는 말로 혁명아에 대한 기대를 드러낸다.

이 글에서 재미있는 한 부분은 性慾에 대한 언급이 있다는 점이다. 이것을 극단으로 밀고 나가는 것은 문제가 있지만 또한 극단으로 억압하고 제한하는 것도 문제가 있다고 말한다. 따라서 기존의 도덕, 정조 관념에 얽매여 성에 관련된 사실적인 소설들이 정조의 미덕을 잃고 있다거나 성의 해방이 국민의 건강을 해친다는 소극적 생각을 하지 말라고 이야기한다. 오히려 그것이 근대의 생명과 활기를 보여주는 것이라고 생각을 전환시킬 것을 당부하고 있다.

이 문단의 혁명아는 자유의지와 새로운 정신으로 조선의 병폐를 일깨우는 자들이 되어야 하므로 조선 민족의 지도자가 될 용사로 불리기도 한다. 호명되고 있는 당대 문단의 혁명아가 이광수, 최남선, 현상윤이라는 것도 눈여겨 볼 대목이다.

서상일, 「'문단의 혁명아'를 讀하고」, 『학지광』 15호, 1918. 3. 25.

앞서 소개한 백일생의 「문단의 혁명아야」를 읽고 보내준 독자의 반론이다. 원문의 핵심내용인 조선문학계에 내재하는 구사상, 구습 속에 대한 비판과 신사상과 신학풍을 건설하자는 주장에 대해서 이 글은 대체로 공감하고 있다고 말한다. 그것이 진보 발전하는 세상의 흐름이기 때문이다. 덧붙여 조선문학계에서 활동하고자 하는 사람이라면 누구나 이 혁명의 필요성에 동감할 것이라는 말로 글의 주제에는 공감하고 있다는 것을 재차 강조하고 있다. 나아가 이 혁명의 희망은 조선 민족에 있어 문학 한 분야만이 아니라 모든 방면에서 필요하다고 이야기한다. 특히 조선에는 이 혁명의 희망을 품은 청년이 있어야 하며, 청년들은 신사상과 개화한 신풍속, 신제도를 건설하여야 한다고 역설하고 있다.

글쓴이가 원문에서 짚고 넘어가야 할 문제로 지적하고 있는 것은, 이 당연한 대전제를 이해시키기 위한 백일생의 서술방식이 잘못되었다는 것이다. 우선 혁명이라는 것은 최후의 수단이 되어야 하는데 너무 쉽게 사용하고 있다고 비판한다. 구사상, 구

六十

青者等을 放逐하며、一切舊習을 打破하고、新制度
를 建設하여야되리라하는바로다、其他商業界로나 農
業界로나 모든方面으로 이러한 말을 하자면 限
이 업슬터이나 그만 이에 對한 말은 그치고
말려한다、다만 余의 上述이 今日朝鮮에는 各方
面으로 革命主義를 가지고 活動하는者가、만히야
하리라는 뜻이 大綱이라도 發表되엿다하면 余
의 幸으로 안다。

革命이란 如斯히 必要한것이지마는 吾人은 이
에 對하야 세가지 覺悟가 업스면 徒勞無功할뿐
만아니라、心力을 다하야努力한다하더라도 後災
가 잇을것은 不可不알어야할것이다。

革命 Revolution.

무릇 洋의 東西와 時의 古今을 勿論하고 나
라치고 革命이 업슨 나라이 업고、民族치고 革命
이 업슨 民族이 업섯나니 한나라、한民族만을 가
지고 論하면 間間革命이 쉬인때가 잇스나 全世界
를 들고말하면 甲處에서 革命이 씃나면 乙國에
서 革命이 始作되고 乙國에서 革命이 씃나면 丙
國에서 革命이 始作되야 쎄리에 쎄리를 니어 革
命이 수인때가업나니 世人은 革命을 例外로 아
나 其實은 革命이 例外가 아니오、革命업슨때即
當時가 例外라、그런대 革命事業은 建設的이라하
기보다 破壞的이오 生産的이라하기보다 消費的이
라 其害가 不少함에 不拘하고 革命이 全世界
를 通하야 古今에 不絶하엿슴은 何故오?

一國一民族의 向上增進、進步、發展의 理想을 達
키 爲하야 不得已하는 最後方法이며 最後手段
이 即革命이라、法蘭西革命은 무슨 세닭이냐? 다
름아니라、法蘭西國民의 安寧幸福을 增進하며、法
蘭西의 文化를 進步發展함에는 自由、平等、博愛
의 三主義가 必要하고 (此三主義는 當時法蘭西國
民의 생각이 이러하엿다 말함이오決코 余가 이
主義를 贊成한다함은아니니 讀者는 誤解마라) 此
三主義를 現實하자면 當時法蘭西의 舊習舊制度
를 그냥두고는 할수업는지라、於是에 多數한 財
産과不少한 生命을 앗기지 안코 革命이란 手段
方法을 取한것이아니냐 또宗敎界의 大革命인 루
터의 事業을 보자、當時舊敎의 制度와 習慣과
를 그냥두고는 到底히 當時의 信徒社會를 改善
하야 幸福의 길로 引導할수 업는지라、이에 할
수업시 最後의 手段으로 宗敎改革이 잇은것이 아
닌가? 然則上述二例에 依하야 보건대 무릇 革命
에는 何種革命을 勿論하고、國家民族或은一社會

664

六十一

의 安寧幸福의 增進과、文化發達을 目的치 안이
하면 그革命은 意味가 업은것이며、또名稱만 革
命이오 其實은 上述의 目的到達上에 妨害를 주
는 革命은 革命이 아니라、世에 萬若 革命이란 神
聖한 말의 假名을 써고 上記目的或은理想到達上
에 妨害될 行動을 하는者가 잇다하면 吾人은 그
러한者의 그러한 罪過를 容恕할수 업다、故로 曰
余는 世에 萬若如斯한 惡意味의 革命主義를 가
진者가、多數[illegible]한다하면 吾人은 此惡意味의 革
命主義를 打破하기 爲하야의 第二革命이 잇서야한
다 하는바로다、吾人이 前述하되 革命이란 一社會
의理想을 達하기爲하야 舊思想舊制度舊習慣을 打
破함에 在하다하엿다、마는 余는 이에 對한 讀
者諸氏의 誤解를 풀기爲하야 數言의 辯明이 잇
을 必要를 感하노라、舊思想이라하면 다 惡한 思
想이아니오 舊制度舊習慣이라하면 勿論 다 惡한
것이아니라 舊思想舊制度、舊習慣中에도 一國一民
族의 安寧幸福維持發展上에 必要不可缺할者가、만
도시 잇을것이다 然則吾人은 비록 革命之際라
도 恒常如此한點에 留意치 아니함이 不可함은 勿
論이라、或은 云하되 在來의 不美한 制度와惡習
慣을 打破하기爲하야의 革命은 其性質과 方法
이 마치 身體의 惡處腫氣를 고치기爲하야의 外
科手術과、如하야、吾人이 惡處腫氣를 治療하기爲
하야 外科手術을 하자면 腐敗한 筋肉과 腐敗
한 血液만을 除去하기는 不可能한 事實이라 不
得已健全한 筋肉과 新鮮한 血液의 幾部分을 同
時에 除去하게 되나니 革命도 이와갓하야 革命
의 本來目的은 在來의 惡制度와 惡習慣을 打破
할에 在하지마는 革命運動이 進行하자면 다만 不
美한 制度와 惡習慣만을 除去하기는 不可能한 일
이라 故로 不得已在來의習慣制度로 打破함이 不
可한 아름다은 制度와、善美한 習慣의 幾部分
을 打破하나니 이는 勢也라、無可奈何라、하는 論
者도 잇다、如斯한 論者의 이러한 論은 果然一
理 잇는 말이다、果然社會國家內에 施設된 모
든 制度와 行하는 모든 習慣은 그各々이 孤立
한것이아니오 互相錯雜關聯됨이 마치 吾人의 身體
의 各部가、다、連絡함과 갓흔것이라、一旦革命運
動이 起하는날에는 到底히 吾人의 目的하는바 或
部分만을 除去할수업음으로 幾何間他善美한 部分
싸지도 侵犯하게됨은 勢也라、無可奈何일것이다、
그러나吾人은 此際에도 注意치안이하면 아니될한
가지가 잇다한다 即醫師가、惡處腫氣를 治療하

六十二

기 爲하야 手術할 際에 可及的 생살과 생피
를 毁損치 안토록 注意함과갓히 革命에도 舊制
度舊習慣中에 善美한 部分에는 侵犯치 안토록 注
意하여야 될것이다、萬若革命이라는 神聖한名稱下
에 舊習慣舊制度라하면 무엇이나 앗기지안코 打
破하는 무리가 잇다하면 이는 手術한다는 名目
下에 筋肉血液이라면 무엇이나 함부로 除去하는 醫
師의 行動과 다름이 업슬것이다 然則 吾人의 上
述에 誤謬이 無하다하면 우리는 革命에 際하야
도 手術하는 醫師의 注意와 갓흔 注意를가지지
아니치못할것이라 即다시말하면 우리는 비록 革
命에 際하야도 可及的 舊制度舊習慣中에 善美
한 部分은 毁損치안토록 注意하여야된다는 말이
다。

然則白一生의 主義와 나의 主義와는 一致한다
即 그의 主義가 꼿 나의 主義로다、白一生의 希
望과 나의 希望과는 一致한다、即 그의 希望
이 꼿 나의 希望이로다、그러나、그의 革命觀
과 나의 革命觀과는 內容에 若干相異한 分子
가 잇다、即學之光第十四號四十七頁부터의 記錄
은 白一生의 革命觀이오、本文의 上記는 나의 革
命觀이다、所以로 會席에서 同一한 目的下에 同
一한 事件을 處理하면서도 其手段方法에 若干異
議가 잇으면 動議에 對하야 改議가 잇는 세음으
로 其主義上으로는 白一生과 나와 다름이 업지
마는 其手段方法에 至하야는 나의 贊成할수업
는 點이 若干잇음으로 나는 이에 改議치아니할
수업다、이에 나는 以下에 白一生의 글을 若干
引記하고 批評의 態度를 가지려한다。

白一生曰、家庭의 平和를 세트리지아니하는以上에
는 子婦로써 妻를作하더라도 必也非道德이아닐지며、利
用厚生의 大道를 關함에는 兵士의 屍體로기름을 짜는것
이 惡爲가안일지라。

白一生의 이말은 한 例로 든것이라、即朝鮮在
來의 舊制度舊風俗에 거리끼지 말고 新文學의 主
義를 行하자는 한例로든 말이라、故로 其例가 設
或不適當하더라도 其罪責이 過重하지는 안타고 할
이도 잇스리라、마는 余만은 그러생각지안는다、
아모리例라도 存於心者現於外로 그의 맘에 잇
는 말이기에 밧그로 顯出한것이다、即 이例는 우
리가 白一生을 精神病者로 看做하지아니하는 以
上에는 그의 이글은 倫理學所謂 Voluntary action
or Conduct 即有意的行動或은 行爲니 우리는 白一生
의 이말을 道德이라는 標準저울에 달나보아、不道

六十三

德한 말일것갓흐면 그가 그글에 이例를 들기때
문에 靑少男女를 誘致하야 社會國家에 惡影響
을 及할것이니 우리는 그의 道德上罪責이 輕하
다할수업다、나는 以下에 그의 道德上罪責을 말
하리라。

奔走無暇와 紙數의 不許로 由하야 白一生의 글
에 全篇을 玆에 引錄하지못함은 나의 遺憾이
다、그러나 누구나 그의 全篇을 通讀하면 알오려
니와、첫재그는 그의 글에 現出한대로 말하면 그
의 新式文學主義를 爲하야는 社會의 모든 制度
와 모든 習慣을 打破하자하며、그의 文學主義下
에는 道德도 업는듯이 國家民族도 업는듯이 말한
것이 큰罪責이라、내가이러케 말하면 그는 自己
의 글에 씌운「道德이란 天定한것이 아니라、그
時代에 在한 時代的思潮의 產物이라」한 한 句
節을 들어 自己가 道德을 否認한것이아니라고 辯
明할는지도 모르겟다 마는 그가萬若 이句節로 敢
히 辯明을 試한다하면이는 한갓 自己의 罪責을
加重함에 不過한것이다、勿論道德이란 永久的이아
니오 時代的이며、普遍的이 아니오 地方的이라함
은 現時代에 在하야 多少의 倫理學的知識을 가
진사람은 누구나 다 아는 바로다、마는 나의 主
張하는바로 말하면 道德이란 天定한것도 아니
오 永久的도 아니오 時代的인故로 이時代에 處
하야는 子婦로써 妻를 作함이 不可하다는 말이다、
勿論太古時節、東洋으로 말하면 天皇氏地皇氏時
代或은猶太國의 아담에바時代로 말하면 人口數
도 稀少하고各般事情이 只今과 다름으로 或子婦
로써 妻를作하엿슬는지도 모른다 마는 그時代
와 境遇事情이 다른 이 時代에 處하야는 子婦
로써 妻를 作함이 道德이라할수업스며、不道德
의 極이라고아니할수업다、또道德이란 天定한것도
아니오 普遍的도아니오 地方的임으로 今日朝鮮에
는 子婦로써 妻를 作하는 道德이 行할수업다는
말이다、勿論이時代에도 亞弗利加의 深山或은 南
洋의 荒僻에 住하는 野蠻種族中에는 或子婦로
써 妻를 作하는 道德이 行할는지도 모른다마
는 그種族과、住地가 갓지아니한 우리民族、또
는 그들과 境遇가 갓지아니한 우리民族의게는 그
道德이 行할수업스며、이러한 말을 입으로바도 하
는者의게 道德上罪責을 주지아니할수업는것이다、
또 내가 이러케 말하면 白一生은 아래와갓히 辯
明할는지도 모르겟다「家庭의 平和를세트리지아니하
는以上에는」하는 假定下에 子婦로써 妻를 作하야

667

도 非道德이 아니라고 말하엿음으로 自己는 道德上不當할 맘을 한것이 아니라、故로 이러한 假定下에야 子婦로써 妻를 作한롤 不可한것이 부엇이냐고 反駁할뜻도하다、그사 勿論그러하다、假定下에는 宇宙間萬般事에 못할일이업다、例하면 皇帝의 長子로 나는以上에는 皇帝도 될수잇고、腋下에 羽翼이 나는以上에는 새와갓치 空中에 飛行할수도 잇는것이다、그러나 余의 主張으로 말하면 遼遠한 未來의 일은 漠然不知어니와、現代의 事實로는 사람의 腋下에 俄然羽翼이 生할수업는것과 갓히 子婦로써 妻를 作하는 家庭이 잇다하면 其家庭의 平和가、안이 새토리어지〃를 안오리라는 말이다、然則나의 이말에 잘못이 업다하면 世에 道德을 紊亂할 不道德한 말을 敢爲하는者의게 道德上으로 判斷하야 罪過가 업다하지못한것이안이냐? 「家庭의平和를새토리지안이하는云云」의 한句節을 가지고 이러틋 苦하게 論駁해 온것은 今日我朝鮮에 이句節을 보고 假然感服하야 直히 子婦로써 妻를 作하는 사람이 생길가 念慮하야 그러는것이 아니다、人形에 一完全한 精神을 兼한者로야 이句節을 欣〃然感服할 사람이 어듸 잇을가보냐。마는 이러한 不健全한 思想을 表한 句節은 혹이 血氣未盛한 어떤 사람의 頭腦에 共鳴하야 道德의 權威를 蔑視하는 弊風이 생기는것이라、所以로 道德의 權威를 나누는 弊風이 업도록하기 爲하야 論難이 이에 至한것이다。

次에 道德이란 普遍的이아니오 地方的이라함은 吾人이 屢〃前述한바어니와、今此를 白一生의 用語대로 말하면 道德이란 天定한것이아니라、地方的思潮의 產物이라 故로 「利用厚生의大道를 開함에는云〃」으로 말하면 今日과갓흔 獨逸國의 境遇에在하야는 兵士의 屍體로 기름을 짜는것이 決斷코 惡爲가 아니라、아니 惡爲가 아닐뿐만 아니라、獨逸國維持發展上으로 보아 이는 善爲라할것이다、그러나 獨逸이 萬若、今日과갓히 戰時가아니오 常時에 이러한 行爲를한다한면 이는 惡爲임을 免치못할것이다、本來道德的善惡이란 別것이아니라。

個人의 行動이 國家民族의게 利益을 與하는 境遇에는 이는 善이오 害를 及하는 境遇에는 이는 惡이되는것이라。故로 日露戰爭에 日兵이 露兵을 殺한 行爲는 두말업시 善이라 그러나、日露親善主義를 쓰는今日에 在하야 日人이 露人

을 殺한다하면 이는 두말업시 惡爲일것이다、然則道德的行爲란 갓흔 行動일지라도 地方을 싸라다르고 境遇時代를싸라다르거늘 다른 地方에서 다른境遇下에 在한 民族의게 辯되는 行爲라고 輕率히 이를 効則하자함은 至愚의 妄言이라 아니할수가 업는것이다、이러하거늘 獨逸에는 兵士의 死體로 기름을 짜는 行動까지 잇스니 우리는 舊來의 道德을 無視하자 主張하는 白一生으로 말하면 此理을 알면서도 그런다하면 社會의 維持發展上에 大惡影響을 及하는 不道德者라。吾人은 如斯한者를 排斥或은 制御하지아니할수가 업슬것이오 모르고 그런다하면 이는 全然無識한 所致니 우리는 그런이의게 좀더 배호기를 勸하지아니할수가 업다。

白一生曰、平生에情夫가三人뿐이라고 貞操를자랑하는正妻를有한피로內閣時代의英吉利가엇더하엿요며、투ㅣ데삭을公然으로가지고通學하는獨逸女子에힌덴불-將軍의母가잇지안이한가。

評曰如斯한 論法으로 말하면 [illegible] 因果關係의 法則을 遠한 論法이며、피로의 正妻가 情婦를 三人式가진 [illegible] 英國의 隆盛이란 結果 [illegible] 이니오 힌덴불ㅅ將軍의 母가、Sac 를 가지고通學한것이 原因이 되여 힌덴불ㅅ갓흔 偉大한 人物이 난것이 아닌줄을 一見에 瞭然하진마는 世人은 흔이 如斯한 謬論에 陷하야 小則敗家亡身하고 大則滅族傾國하니 世에 識者로 子가 이를 念히하지안으며 歎息하지안으리오、비스막은 煙草를 질것다하며 自己가 煙草만히 먹는것을 자랑하며、어느英雄은 色을 또화햇는데 自己도 好色하노라고 自矜상아 말하는 무리는 다 上記와 如한 謬論으로 因하야 自身을 滅하는 놈임을 닛지말것이다。

白一生曰、吾人의 生欲中最大部分을 占領한性慾을 極端으로 放縱할바는안이나無理로 抑制할必要는無하니。

又曰性欲의解放은國民의健康을犧牲한다는消極的論評을하지말고反而으로 [illegible] 와六〇六號의發明家、製造業을獎勵할지로다、나는獸慾을讚美하는者가안이니라、[illegible]를鼓吹하는者가안이라、다만淫民族、淫社會、[illegible]活運動을試見코저하노니 近代人의 疲勞한 神經을 肉感이 안이고무엇으로慰安하며、무엇으로興奮하리오。

評者曰이는 두말할것업시 白一生의戀愛觀이라 그런데「性欲을放縱할바는안이라又는吾人은獸慾을讚美

[illegible]가안이며淫慾을鼓吹하는者가안이라」[illegible] 함은 [illegible] 推測하건대 白一生은 [illegible] 肉的關係 [illegible] 서 男女가 相愛할수잇다는 戀愛神聖說을 [illegible] 하는者인듯하다、또 「사고와六〇六號의發明家와製造業者를獎勵할지로다又는近代人의 疲勞한神經을 肉感이안이고무엇으로慰安하며무엇으로興奮하리오」하는 말에 依하야 推測하건대 白一生은 戀愛의 肉的快樂放縱主義를 가진者인듯하다、然而、精神無我的한 頭腦를가진 白一生의게는 此二說이 [illegible] 矛가 되는지모르거니와、組織的頭腦를 가진 [illegible] 의게는 到底히 此戀愛神聖說과 肉感放縱說을 調和할수가업다、이는 나뿐안이라 아마 누구나 相當한 頭腦를 가진이면、此兩說을 融和할수는업슬것으로아노라、白一生의 主義는 文學界革命에 잇거늘 文學과 戀愛와는 아조 不可分離할 關係가 잇는것처럼 생각하야 文界의 革命見을 [illegible] 는대 際하야 同時에 戀愛의 革命見까지 [illegible] 하야 文學과 戀愛와를 아조 混同하는것이다 그러 [illegible] 이라、적어도 그런 戀愛는 文學者의 [illegible] 이 [illegible] 이오 또 文學의 內容의 大部分인것처럼 생각한 [illegible] 推測이 된다、그러나 이는 잘못이다、그러면 [illegible] 는 大文學者로 모되여 戀愛方面에 [illegible] 하야은 [illegible] 態度를 가진이도 其數가 不少하고 이와 反하야 文學者아닌 사람으로도 戀愛에 熱烈한사람이 만타、그러면 이로보건대 戀愛는 文學者의 專有物이 아님을 可知오 同時에 文學의內容의 大部分이 戀愛가 안임도 可知라、故로 文學에 有益한 사람이면 반다시 戀愛를 云〃치안이치못할 아모理由도 업거늘 世에는 흔이 思慮未熟한 靑少年이多하야 自己는 文學에 뜻을 두니까 戀愛에 關한 知識과 同情을 만히가지어야 된다하야 [illegible] 엔 안다시 戀愛詩가아니면 戀愛小說이오 입으로는 言必稱戀愛라하는者도잇고 또甚한 [illegible] 에 니르러는 與人談交에 戀愛에 關하야 할말업슴을 一大羞恥로 하는者까지잇스니 또한可憐할써롭이라할수밧게 업다、말이 좀더 길어질 念慮가 잇다마는 이機會를 따서 내가 가장 眞理에 갓갑다고 思惟하는 戀愛觀 하나을、諸君의게 紹介코저하노라。

戀愛의 힘이아니면 男女相近이 不可能이오 男女相近이 아니면 男女間의 關係가 絶하고 男女間의 關係가 絶하면 後孫이 絶할지오 後嗣가 絶하면 小則一家가 一代에 亡하고 大則國家民族이 一代에 盡할것이다、戀愛는 이 意味로보아 果然神聖하다할것이로다、故로 前記戀愛神聖說과갓히 肉的關係를써난 戀愛는 本來 업슬것이다마는 設使잇다하더라도 肉의 關係를 버서난 戀愛는 眞正한 意味의 戀愛라할수업다、또、肉에 關係하는 戀愛일지라도 其目的이 한갓肉感快樂에 在하다면 이는 戀愛가아니라、即簡單히 말하면 가장多情多才한 아들살을 낫키爲하야의 戀愛가 아니면이는 眞正한 意味의 戀愛가 아니다、故로曰余는 戀愛되는 諸君의게 勸告하노니 戀愛는 聰明하고 健全한 子女를 낫키爲하야의 唯一한 手段方便이라하는 點으로 보아 神聖한것이오 神聖한것이다、然而히 戀愛는 神聖한것이라故로 生殖慾을 尊重히한것이다、싸라서 戀愛는、神聖한것이라、함부로 이를濫用할것이아니다、耽美派의 詩人과갓히 한갓戀愛의 甘味를 노래하지마라、享樂派의 小說家와갓히 함부로 性慾에 耽溺하지말것이다、이만하잇스면 누구나 첫재 白一生이 文學과 戀愛와를 混同한것도 잘못임을 알것이오、또白一生의 主張하는바、戀愛神聖說과 肉感放縱說이 互相矛盾하는同時에 兩說이 다 社會에 惡影響을 及할 不道德한 主義인 줄도알줄로안다、故로 다시 이에 對하야 批評을 加할 餘地가 업다、마는 白一生의 言說이 [illegible] 하기로 이에 數言의 批評을 加하려한다、그는 雜言이 그의 글에「나는 獸慾을讚美하는者가안이며、淫樂을鼓吹하는者가안이라」하는 말을 썻다、그러고도 그가 갓혼글에「性欲의 解放은國民의健康을犧牲한다는 消極的論評을말고反面으로삭크와六〇六號의發明家製造業을奬勵하라」는 句節을 쓰며 또「近代人의 疲勞한 神經은肉感이안이고무엇으로慰安하리오」를 쓰니 이러한 言辭를 敢爲하는者가 獸慾을 讚美하는者가、아닌것갓흐면 世上에 어듸 獸慾을 讚美하는者가 잇을것이며 이러한 言辭를 敢爲하는者가 淫樂을 鼓吹하는者가 안이면 世上에 어듸 또 淫樂을 鼓吹하는者가、잇을뜻하나 그의 글에 矛盾이 이러하니다시 무슨말을하리오마는 只今假令世上에잇는이 다 그의 主張대로、그의理想대로 되면 그結果가 엇지될가를 보자、即그의 主張대로 一方으로는 性慾을 解放하야 個々人이 熱心으로 花柳界出入을하게되고 又一方으로는 六〇六號의 發明術과、삭크의 製造業을 奬勵하야 其術이 進步하며 其業이 發達하는 同時에 이에 從事하는者가 日增月加한다하자、그러하야 兩方面이 極度에 達한다하면 이는 곳 白一生의 理想하는바에 到達하엿

제도가 모두 타파해야 할 것은 아닌데 자칫 조선에서 혁명을 부르짖는 것은 과거의 것은 모두 버려야 할 것으로 오해하게 만들 수 있다는 이유에서이다.

두 번째 역시 혁명이라는 용어가 환기하는 것처럼 백일생의 표현이 너무 극단적인 것이 문제라고 지적하고 있다. 그래서 마치 새로운 문학이라는 것은 모든 도덕, 국가, 민족 등이 얽혀 있는 이해관계와 무관하게 존재해도 되는 영역처럼 읽힐 여지가 있다는 것이다.

세 번째는 연애가 문학자의 전유물이자 문학 내용의 대부분인 것처럼 쓰고 있는 것이 지적된다. 연애시, 연애소설이 문학의 전부인양 생각하는 사람들의 수준이 일반화될까봐 우려된다는 것이다.

六十八

다할것이다、그런데 이러되면 世上에는 花柳病者 六○六號發明家、삭크製造業者三種생이 사람의 形容을 가지고 살게될것이다、엇지 이뿐이리오 一步를 更進하야 思考하면 別々怪常한 斷案이 다 생길것이다 마는이에 그치고 말려한다。

白一生曰文學의 天地는 自由의 天地라、忌憚할바가 無하며 捉濫할바도 無하니。

評曰、世에는 이러한 思想이 흔이 行하야 人生의 行路를 잘못함이 多하다、世에 本來絕對自由가 無하거늘 다른데 다업는 自由가 엇지 홀로 文學의 天地에만잇스리오、文學者도 사람의 아들인 以上에는 사람으로 바들 制裁는 相當히 맛어야할것이라 엇지文學者의게만 絕對自由가 잇서 國家民族을 無視하며、社會道德의、制裁를 脫出하야 任意放肆의 行動을 할수가 잇으리요、故로 文學을 한다 稱하고 白一生과、갓히 國家民族社會道德을 無視하는者의게는 相當한 道德的制裁가 업슬수가 업다하는바로다。

白一生曰、近日우리文壇에새로 春園六堂、小星等諸革命首領의義擧가現出함이實로偶然이아니라、滿天下諸氏는 엇지應援軍이 되지안으리요。

評曰、내自身이 곳 春園이안이며六堂小星이 안임으로 知人知面에不知心으로 諸氏의 內部情形은 알수가 입스며 同時에 諸氏의 將來之事는 모르니까 나의 擔保莊談할바가못되거니와、諸氏의 今日까지의 外部表現에 依하야 判斷하면 上記諸氏는 或意味로 보아 文壇의 革命首領이라할것 이다마는 上記諸氏가 決코 白一生의 생각하는바와 갓흔 春園이안이며、六堂小星이안 임은 玆에 諸氏를 代身하야 辯明할必要가 잇는줄로 思惟하노라 更다시말하면 上記諸氏는 決코、國家民族을 無視하는 文壇의 革命首領이 안이오 社會道德을 理由업시 破壞하려드는 革命首領이 안이라 함이다。

白一君이여 君은 나를 모르고 나는 君을 모름니다、그러나 君과 나와 무슨 宿怨이 잇소 君도 吾君獨特의新文學를 爲하야 主義가 잇는셰음으로 나도 一定한 主張이 잇음으로 主義上相違로 할수업시나는 이글을 씃소이다、다만 君은 自省할 必要가 잇는줄 압니다。

（一九一八、一、二一）

672

마지막으로 원문이 당대 문단의 혁명아로 제시한 이광수, 최남선, 현상윤이 과연 백일생의 원문이 주장하는 것과 같은 생각을 하는 사람들인지도 의심스럽다고 말하고 있다.

원문과 그에 대한 반론 자료를 모두 읽고 이 두 필자의 생각의 차이가 어디에서 비롯되고 있는 지를 찾아보는 것도 재미있을 것이다.

자료 13: 이광수, 「懸賞小說 考選餘言」, 『청춘』 12호, 1918. 3.

이 글은 1910년대 조선의 변화가 문학계에는 어떤 식으로 수용되면서 새로운 제도로 정착하게 되는지를 가늠해 볼 수 있게 한다.

당대 잡지와 신문들은 현상응모를 통해 신인을 발굴했는데, 이 글은 『청춘』잡지에 응모한 소설 심사평이다. 당대 문학에 대한 인식의 변화를 엿볼 수 있는 것은 물론이고 이광수의 글이라는 점에서도 많이 회자되는 글이다.

이광수는, 「매일신보」 신년호에서 단편소설의 현상모집이 있었으나 순문학적 목적으로 소설을 모집한 것은 『청춘』지가 처음인 것 같다는 말로 심사후기를 시작한다. 처음임에도 불구하고, 기이한 이야기나 천박한 권선징악적 교훈담의 내용에 응모편수도 몇 편 되지 않을 거라는 예상을 깨고, 생각했던 것보다 많은 사람들(20여 편)이 기대이상의 수준을 보여주었다고 총평한다.

이광수가 소설이 진보하였다고 말하는 이유의 첫 번째는 모두 時文體로 쓰여졌다는 점이다. 응모규정에 시문체로 쓰라고 명기했지만 이 시기에 문체가

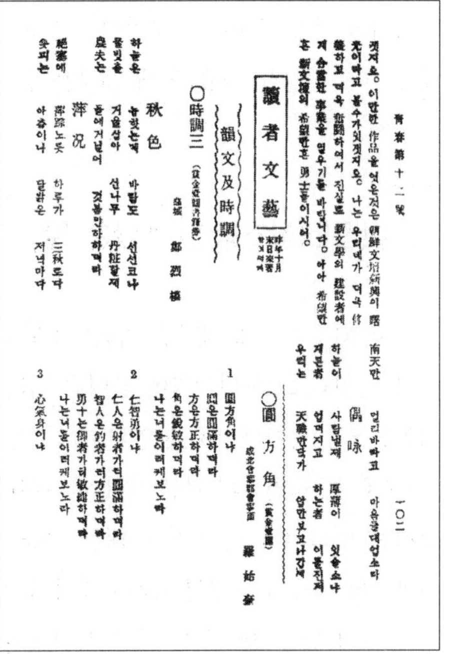

자리잡혔다는 것이 놀라운 일이라고 말한다. 자리잡힌 시문체란 형식적으로는 띄어쓰기, 문장부호, 본문과 회화의 구분, 인용표시, 줄바꾸기, 단락나누기 등의 규칙을 따르는 것을 말한다.

두 번째는, 소설이 할일 없는 여가 시간의 소일거리로 쓰여진 것이 아니라 자기사업(일)으로 쓰여졌다는 것이 이야기된다. 문학(예술)이 전문적인 한 영역으로 독립되고 있음을 알 수 있다. 이광수는 이러한 풍조를 계속 발전시켜 문학(예술)을 유희적으로만 생각하는 통념을 깨뜨려야 한다고 덧붙이다.

세 번째는 전기적, 교훈적 이야기를 탈피하고자 하는 예술적 기미를 발견했다고 하면서, 이것이 새로 시작되는 문학의 핵심이라고 말한다. 문학은 修身書나 종교적 교훈서가 아니므로 감정이 근본이 되어 인생생활의 희비극을 일으키는 이야기를 써야한다고 설명한다. 특히 이상춘의 「岐路」는 사건과 묘사를 중심에 두고 있고, 김명순의 「의심의 소녀」는 그러한 점이 가장 극대화되고 있는 작품이라고 평하고 있다. 주요한의 「農家」도 잘 쓰여졌다고 평가한다. 이런 소설이 쓰여졌다는 것은 조선문단에서는 혁신적인 일이라고 말한다. 재미있는 것은 이 작품들이 우수하지만 조선문단에서 교훈적 구습을 완전히 벗은 소설은 秦瞬星의 「부르지짐」과 김명순의 「의심의 소녀」, 그리고 자신의 소설 「무정」 밖에는 없는 것 같다고 말하는 부분이다.

네 번째는 고대소설의 '이상적'이었던 것을 이번 응모작들은 '현실적'으로 바꾸어 놓고 있다는 점이다. 즉 소설 속의 사건과 인물이 사실적으로 표현되고 있음을 칭찬한 것이다.

다섯 번째는 응모소설들 속에서 신사상의 맹아를 발견했다고 적고 있다. 그 사상은 풍문이나 유행 같이 가볍지 않고 진실로 자기가 고민하고 문제에 부딪친 흔적을 보이고 있다는 점에서 높게 평가하고 있다.

열거한 다섯 가지는 심사평이면서 동시에 이 시대가 새로운 문학에 요구하고 있는 내용이다. 이러한 글을 통해 새로운 문학은 제도적으로 자리잡아 갔던 것이다.

편집인(창조동인), 「남은 말」, 『창조』 창간호, 1919. 2.

한국 최초의 순문예지로 자리매김되고 있는 『창조』의 발간 의지를 엿볼 수 있는 글이다. 창간호 맨 마지막에 붙여진 「남은 말」(매호 맨 마지막에 붙어 있는 글이다)은 김동인을 비롯한 『창조』동인의 잡지 발간에 대한 소감을 싣고 있다.

『창조』는 동인들의 마음 속에서 일어나는 막을 수 없는 요구로 생겨나게 되었다고 말해진다. 그 요구는 문학에 대한 예술적 지향을 중요하게 생각하는 것이다. 新舊의 전환기에 새롭게 등장하다보니 갖가지 곡해와 오해가 많았던 듯하다. 그러나 동인들은 그들의 뜻을 알아주는 적은 사람들과라도 손을 잡고 나아갈 것이라는 의지를 보여주고 있다. 이 글에서는 힘들게 시작된 새 일에 대한 두려움보다 참된 것을 행한다는 자부심이 강하게 느껴진다.

동인들은 추구하는 문학이 평범한 도덕과 낭만적 감상이 아님을 분명히 하고 있다. 그렇다고 구도덕을 타파하고 멸시하는 것이 목적이 되지도 않는다. 이들은 귀한 예술적 앎과 재능을 가지고 독자와 희노애락을 공유하는 영혼의 동지가 되고 싶다고 말하고 있다. 그 길을 열어 준 잡지의 탄생에 대한 기쁨이 잘 나타나고 있다. 김동인은 마치 이 모든 것을 상징하기라도 하듯, 창간호에 실은 자신의 소설 「약한자의 슬픔」을 소개하면서 강한 자기가 되기 위한 사람의 슬픔과 그 이야기에 관심을 가져달라고 말하고 있다.

『폐허』의 창간사와 비교하면서 읽는 것도 재미있을 것이다.

염상섭, 「폐허에 서서」, 『폐허』 창간호, 1920. 7.

『폐허』잡지의 창간사로 읽을 수 있는 글이다. 한국 최초의 순문학 동인지인 『창조』와 함께 한국 순문학의 시대를 연 『폐허』가 어떠한 의도와 목적으로 잡지를 만들게 되었는지를 보여준다. 『창조』지의 중심인물이 김동인이었다면 『폐허』지의 중심에 있는 염상섭의 창간사라는 점도 눈여겨 볼만하다. 앞의 자료들을 통해 1910년대의 변화해가는 시대상을 살펴볼 수 있었다면, 그 변화의 과정 속에서 새로운 시대에 맞는 문학을 지향하는 잡지가 어떤 모습으로 탄생하고 있는지를 볼 수 있는 자료이다.

염상섭은 『폐허』가 옛 도덕의 자손들로 인해 괴롭고 슬프던 일들을 다 잊고 오직 가슴으로 세계를 만나는 소녀처럼 세상에 나온 것이라고 말한다. 이 걸음은 가볍고 느리겠지만 탄생의 金波와 생명의 활기로 넘친다. 이 잡지에 참여하고 있는 청년의

무리는 과거의 것을 파괴해야 하는 두려움과 함께 조선의 폐허 속에서 예술의 꽃을 피워야 할 책임을 느낀다. 이들은 사랑과 미래의 영화를 꿈꾸며, 무엇보다 굳센 결심은 이 '폐허'에서 솟아나오는 싹(생명)을 어떠한 조건에도 흔들리지 않고 키워나가야 한다고 다짐하는 데서 잘 나타나고 있다. 이것은 문학을 통한 진리에의 욕망을 보여준다. 청년들은 진리를 통해 삶(생활)이 사랑으로 채워지기를 희망하고 있다.

낭만적 요소가 강하여 창간사로서의 선언적 기능은 다소 떨어지지만 의욕하고 있는 것은 잘 전달되고 있다.

廢墟에서

一雨一芽의닷듯한봄바람이、復活의頌榮을밧드든初春의날、느진아춤이엿슴니다。

아담、여므의머리속에懵의이삭이、북도든새로부터、입에물엇든「재갈」의자족 스러커가고、쎄를 다라 동에 흐르든、녯道德의「□□」「□□□□□□」한무리倍選의子孫들은、지난밤雲霧에쌔여險한외에눕히울나、서로시고을며날새이면피롭파슬품、다ㅣ이저버리고、오즉가슴을壓擁하는듯한、初戀에마음조리는少女가、歡喜와希望파追憶에타나、그러나孤獨파不滿을呼訴하는듯한、애처러운한숨을고요히쉬이며、默々히東으로々々、가벼우나느린步調로거러나감니다。

少焉에한은「荒野」가、그무리의眼域을占領할새、그들의心擊은또한번追憶파憧憬에울녓슴니다。

거긔에는오즉、닙업는灌木파、기롱업는주추들파、玲瓏한彩色에쌔운녯木材가知己의벗을기다리며、孤寂히이곳저곳흣허저누어잇슬ㅅ름이외다。

그러나거긔에는甦生의金波가、雲雀의凱歌에날맛쳐、全幅에舞踏하고、누른닙에쌔인연綠色의잔듸외서어삭은、흙으로부터소래업시울녀나오는、生의芳醇한香氣와、琉瑠한「엡로듸ㅣ」에醉하야、숨이맥혀서 썩은거럼니다。

이悽慘하나 거륵한「聖殿」에드려온靑年의무리는、自己들이、이靜謐한沈默파燦爛한「띄

廢墟에서　一

廢墟　二

쏨」을、破壞하는侵入者가안일가두려워하는同時에、自己에게는、이村木의知己之友가되고、주추들의主人이되야、이荒廢한墟址에(藝術의)□□□□□責任이잇다고自負함니다。

彼等은서로를警戒하며、고요히드러가서、나즌언덕을둥지고안젓슴니다。

銳敏한귀들、이삭의間斷업는숨소래에기우리고、로를흙의馥郁한佳香에싱그라며、愛와希望에타는視線을、半空에고처질하는그무리의額上으로는、(道德의)말똑파채쭉에呻吟하던者의묵은憂愁는스러지고、只今의사랑파未來의榮華를꿈우는者의단(甘)微笑가、口邊에흘너감니다。

이무리의무엇보다도굿센決心은、서로에게許諾한盟誓는、이「廢墟」에솟아나오는썩닙의낫々이、그瞬間〱의새로운生命을、무엇에게도蹂躪되지안코、阻害밧지안코、얽매가배를쌔ㅅ지、自己네들은숨짓을난호지안켓다는것이외다。안는것이안이라、그리하지못하겟다합니다。그러나이것은些少한友情이거나、不純한事情이그무리에게强要하는것이안이라、眞理의宮殿에巡禮할겟다는者의至高至純한靈魂이握手한써문이요、또그握手는永遠히흐러질時間을가지々안키써믄이외다。

그러나彼等은理智에만살랴고는안이합니다。「荒野」에澎湃한過去의光照와、眼前에展開한甦生의金波가、眞理의神香을彼等의靈魂에옮어너흘際、그무리는그것에만滿足지안슴니다。그歡樂과感激을가슴에품고因死함으로만은、決코滿足지안슴니다。

또거운짓거움의눈물로、大地의모든生物을축이고、서로의쌔을적실際、그들의가슴속에는、限量업는愛의샘이소러오름니다。아ㅣ、어느愛人의가슴이、이갓치淸淨하고이갓치眞純한愛를經驗하얏슬가。

萬一한닙의이삭을、그못하야밟으면、그들은딴듯이戰慄하며、슬픈늣김에마음저릴것이외다。

實로그무리의靈魂은、眞理의쓴오로빗그러때이고、愛의쇠로채웟슴니다。그럼으로、그무리는열마음이、한마음될수가잇고、백의발자최가한길을밟을수잇슴니다。

果然이것이、그들의무엇보다도큰、그들의자랑이요、그들의마음저운幸福이외다。

이째ㅅ지언덕에안젓든그네들은、담은입을마츰내열지안코、때를지어떨것고니러나니、서로짓거하며마조보는、그들의眼光은、希望파決心의불길이니러낫슴니다。(霽月)

朝鮮의古藝術과吾人의文化的使命

李丙燾

言語、制度、思想、信仰、美術밋其他가一國文明을組成하는諸要素가되는者ㅣ나古代國

朝鮮의古藝術과吾人의文化的使命　三

III

근대 매체가 보여주는 가정과 아동

가정이라는 영역은, 식민지 시대에 개인, 교양, 교육, 연애 등의 주제가 주요 화두가 되면서 새롭게 발견, 호명된 곳이다. 위와 같은 주제를 포함하는 근대 사회가 요구하는 문화생활과 근대 주체 형성에 있어서 중요한 역할을 담당하는 곳으로 인식되었기 때문이다. 특히 근대 소가족으로 변모하는 과정에서 새로운 사회적 현상들을 내면화하는 방식을 보여주는 가정과 아동 담론은 1920~30년대 한국사회를 이해하는 데 중요하다.

가정의 영역은 결혼, 가족이데올로기의 변화, 아동(자녀)양육, 가옥구조, 여자의 역할, 교육 등 다양한 맥락 속에서 이해해야 한다. 그 다양성을 담아내고 있는 것이 근대 매체이다. 구체적으로 「동아일보」「조선일보」 일간지를 비롯해, 『신여성』『가뎡잡지』『신가정』『여성』『어린이』『개벽』『신동아』『청년』 등의 잡지는 1920년대 이후 아동의 과학적 양육법과 가정의 새모습에 관한 담론들로 채워지면서 1920~1930년대 한국 사회에서 가정의 영역을 변화시키는 계기로 작용하고 있다.

가정생활 개조 방향의 지침을 마련해 주고 있는 매체는 전통적으로 미분화되어 있던 생활영역, 즉 가정, 교육, 노동, 의료 등의 영역들을 공적 영역의 전문지식 아래 구획, 재편하여 전문성을 획득하게 된다. 이러한 근대적 변화를 내면화하는 과정에서 식민지적 현실이라는 또 다른 사회, 정치적 맥락을 밝히는 일이 필요하다.

관련 자료는 1920~30년대에 이상적인 가정(스윗트홈)의 개념을 어떻게 정의하고 있는지 살펴볼 수 있는 자료부터 실었다. 가정이 강조되는 당대적 이유를 살펴볼 수 있으며, 결혼의 조건, 결혼 생활에 대한 조언, 어린이를 대하는 자세, 가정과 어린이의 관계, 가정교육의 중요성, 가족제도에 대한 입장, 산아제한, 이혼 등에 대한 생각을 볼 수 있다. 이런 주제가 이미 이때부터 활발하게 이야기되고 있었다는 사실만으로도 흥미롭다.

주은월, 「행복한 가정」, 『신여성』, 1924. 7. 30.

이 글은 글쓴이의 동네에서 부러움을 사고 있는 한 가정의 생활을 보고 들은 대로 전해주면서 당대 이상적인 가정이란 어떤 것인지를 보여주고 있다. 가정에 대해 개념을 정리하려 한 논리적인 글은 아니지만 신가정의 핵심적인 내용은 모두 담고 있다. 당대 사람들이 꿈꾸었고, 많은 사람들에게 회자되었을 행복한 가정(스윗트홈)의 모습은 지금과도 큰 차이가 없는 듯하다.

소개되는 가정의 구성원은 일을 도와주는 할머니 한분이 있기는 하지만 젊은이만으로 이루어졌다는 것이 강조된다. 1910~20년대 연애의 시대의 행복한 결말을 보는 듯하다. '저희끼리 눈이마저 사는' 젊은 부부로 설명된 이 연애결혼이 처음에는 동네의 말거리가 되지만, 부부 서로 간의 이해, 위로, 동정이 그것으로부터 비롯된다고 글의 말미에 서술되고 있다.

부부 외에 남자 시동생이 가족의 구성원이 되는데 이들은 모두 연애의 시대의 주인공이었던 당대 엘리트들이다. 남편은 詩를 짓는 전문학교 교사이고, 아내는 여학교를 졸업한 트래머리 여성이며, 시동생 역시 학생이다. 신교육을 받은 아내의 부엌 위생관리며 이부자리 관리 등의 가정관리가 동네에서도 신기한 일처럼 이야기된다. 여기에는 교육 받은 사람이 주부로서의 역할도 잘한다는 부러움이 내재되어 있다. 그 내용이 주로 위생관념과 연관되고 있다는 점에서 당대의 시대상을 엿볼 수 있다.

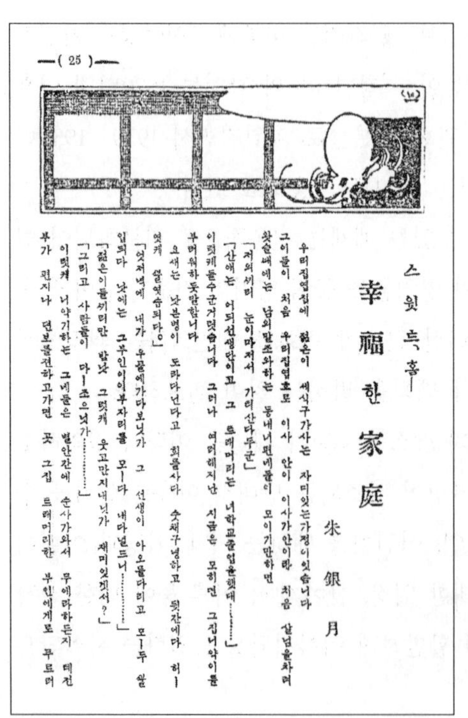
—(25)—

스윗트홈—

幸福한家庭

朱銀月

우리집엽집에 젊은이 세식구가사는 자미잇는가정이잇습니다
그이들이 처음 우리집엽흐로 이사 안이 이사가안이라 처음 살님을차려
왓슬때에는 남의말조와하는 동네녀편네들이 모이기만하면
「저희끼리 눈이마저서 가티산다두군」
「산애는 어듸선생단이고 그 트레머리는 녀학교졸업을햇대……」
이렇케들수군거렷습니다 그러나 여러해지난 지금은 모히면 그집너약이뿐
부러워하듯말합니다
요새는 낫본병이 도라다닌다고 회를사다 숙채구넝하고 뒷간에다 허ㅣ
엿케 뿌렷습되다。」
「엇저녁에 내가 우물에가다보닛가 그 선생이 아오를다리고 모ㅣ두 쌀
입되다 낫에는 그부인이이부자리를 모ㅣ다 내다널드니……」
「젊은이들쉬터만 밤낫 그렇케 웃고만지내닛가 재미잇겟서?」
「그리고 사람들이 마ㅣ조으닛가……」
이렇케 너약기하는 그네들은 별안간에 순사가와서 무에라하든지 톄전
부가 편지나 뎐보를전하고가면 곳 그집 트레머리한 부인에게로 뿌르러

이 젊은 부부가 사는 가옥구조에 대한 이야기 역시 행복한 가정의 한 단면을 보여준다. 조용하고 공기 좋은 곳에 위치한 이 가옥에서 남편은 화초와 정원 가꾸기에 취미가 있고, 시동생은 아침운동을 일생생활로 만들고 있다. 남편

—(26)—

잡니다
그리하야 그집은 이 조고만동리를 위해서도
마행한집으로 넘겻고 우덜어보게되엿습니다
그집주인은 성이 강(姜)씨입니다 갓삽십이되
앗는지안이되앗는지 모르겟스나 ○○전문학교교
사요 또매어미한부인은 배화학교출신으로올에스
물넷이따합니다
이두사람이 그삽넘의주인이요 그리고 그밧게
는 지금 선린상업학교에다니는 학생 (주인강씨
에아오) 과 로파한사람뿐으로 도합 네식구가살
아갑니다
마루와 마당에서는 남대문 정거장과 남대문
이나려다보이고 뒤뜰로도라가는곳에는 주인의손
으로로퍼논 개나리꽃이며 문이잇습니다 곱고누른개
나리꽃이 만발하얏슬때에는 그문이 황금으로세
워논것가리보입니다 그문으로 드러가서 뒤뜰로
가면 숩속에서 갓나온 주인의사랑하는 모ー든
화초분이 나란ー이노여잇습니다 그러고 그위에
는 너름이되면 수풍드린 동명줄이 한울을덥지
요 그러면 저녁밥은 매양 그밋해서먹습니다
그리고 그뒤는집망이고 철망밧그로는 뭅지모
안온산과 그산중턱에잇는 조고만 서양집까지의
원이보입니다 또 철망밧그로 저ー편에는 이동
내집부인들이 길어다먹는우물이잇습니다
이럿케 조용하고 공기조흔곳에서 그들은재
미잇는세월을보내입니다
그야말로 무슨니약이에듯는듯한 그리운 시다
운 생활을하는가정입니다
새벽에 일즉이 니러나서 로파는밥짓고 주인
은 물통들고 뒷겻화초로가고 부인은방을치입니
다 그때에 밥서 학생은 운동복만입고 산에가
서 새벽운동을맛치고 나려와서 쌀을씻슴니다
방과마루를치인 부인은 다시 찬을 맨듬니다
학교생활하든사람이 그런것까지야배왓겟슴닛가마
는 한집안주부의몸으로 다소간 경험을싸아오닛
가 무엇것칠것업시 잘합니다
이럿케하야 조반을맛치고 주인형메가 각각학
교로가면 부인은홀로 로파와마조안저 남편의양
말을얼그면서 재미잇는니약기를 로파에게들녀줌
니다 그래도 심심하면「아주머니」「아주머니」이
렷케 우리모친을부르면서 우리집에와서 놀다갑
니다 나도 반갑거니와 어머니께서하라시닛가 나

—(27)—

는 그들형님이라고부릅니다
나하고 마조안지면 늘ー전에 학교에 단이든
니약이를하면서 즐거워합니다 또어느때는 남편
이지은것이라고 시때시(詩)를 자기가 읇흐면서
들녀줍니다
엇던때는 오래도록 놀다가 네시가지나면 깜
짝놀나며도라갑니다 남편이도라올때가되닛가…。
다섯시나 갓가와서 형제가 전후하야 도라옴
니다 와서는 주인은옷을가라입고 뒷겻화초에물
을주고 그동명줄밋헤 평상을놋코 거긔서책을봅
니다
어느날은 학생이 학교에서 늣도록도라오지아
니할때에는 주인이 신사양복입은재로 장작을패
는것을볼때에는 우습기도하지마는 그것이 한업
시 재미잇서보입니다
밤이면 외예히한차례식 세사람의부르는 찬미
소리가부드러운어둠을흔들며동내저쪽으로흐름니다
그소리를 들을때에 나는홀로방속에서 작은소
러로맛처부름니다
아ー행복스런 가명재미잇는생활!!
십로 그네는 사는것답게 사는사람입니다 짱
우에잇는텬국에 사는사람입니다
남편과 그아오는 아츰부터 저녁까지 집에잇
지아니하닛가 시탄갓혼것도 부인이나아가 손수
사옴니다 세탐갓혼것도 넉넉히 관청에가서내입
니다 그리고남편을 차저오는 손이잇스면 친절
하게 상딱하게 대접하여보내고 급한편지갓흔것
도 남편대신으로 회답합니다
이럿케 집에잇서 능히 남편의 뒤를거두고힘
을덜고 학교에서 고단히도라오면 부인은 잘그
를 위로합니다 그리하야 주인은 하로의피곤을
닛습니다 아ー부드러운 그네생활
남편과 안해가 서로서로 잘리해하야주어 서
로 위로하고 서로동정하야 실패구렁에서도 능
히새로운원기를엇고 일하고합니다
이런안해를가진사람은 결코 사회에서 실패
일도업고 염세증날리도 업슬것이요 이러한 남
편을가진안해는 아모근심과걱정이 적을것이아니
입니까 이집을보고 이집살님을부러워하는 우리
동넷사람들은 완고들도 녀자교육을힘써말합니다
그리고 나와가티 그네들도 이집을 행복스런
가명이라고 부릅니다

이 가꾸어 놓은 마당에서의 야외 식사는 그들의 삶을 '그리운 詩다운 생활'로 만들고 있다. 글쓴이는 젊은 부부의 이러한 삶을 두고 '행복한 가정, 재미있는 생활, 사는 것답게 사는 사람'이라고 표현하고 있다.

그리고 이 행복하고 재미있는 삶에 있어 교육 받은 아내의 역할이 크다는 것을 강조한다. 여자교육의 중요성이 여전히 남편 내조와 가정 행복을 위한 수단처럼 얘기되는 한계가 있지만, 연애와 화장, 멋내기 등으로 시대의 퇴폐풍조를 조장하는 집단으로 비판되기도 하는 신(교육)여성은 훌륭한 아내로서의 가능성을 지닌 여성의 지위를 갖게 된다. 그래서 가정의 행복과 중요성이 강조될수록 여성의 교육도 함께 중요한 자리를 차지하게 된다.

박관수, 「가뎡의 힘과 그 개량의 필요」, 『가뎡잡지』 창간호, 1922. 5.

좋은 가정이란 어떠한 것인가를 설명하고 있는 글이다. 개인은 가정이 있어 존재할 수 있다는 것을 강조하면서 그에 대한 부연 설명을 통해 가정의 기능, 역할을 서술해 나간다. 글의 제목에 나오는 가정의 힘은 그러한 강조 사항이 잘 지켜졌을 때 영위될 수 있는 것이다. 개량이 필요함을 역설하는 항목들을 통해 당대 조선에서 가장 문제적으로 인식되었던 것이 무엇인지 알 수 있다.

가정은 개인의 생명과 활동에 기운과 의욕을 주는 곳이므로 사람의 근원이 있는 곳으로 설명된다. 따라서 1920~30년대 좋은 가정이란 당대에 적합한 삶에 의욕을 줄 수 있어야 했다. 이 글은 그 좋은 가정의 모습을, 새세상의 새문명을 잘 알고 풍부한 지식을 가진 가장이 가족을 위생적, 교육적, 도덕적으로 거느릴 수 있는 가정이라고 정의하고 있다.

위생과 지식은 당대 매체의 핵심 키워드이며 여기에서부터 어린아이 양육방식과 교육도 설명되고 있다. 조선에서 개량되어야 할 것이 아동교육소, 변소, 목욕탕이라는 설명이 나오게 되는 배경도 이 핵심 키워드를 알면 이해하기가 쉬워진다.

육아법도 지식이 필요한 것이라는 인식이 분명하게 드러나면서 좋은 가정을 위해 부모가 배움이 있어야 한다는 사실도 강조된다. 글에서는 그런 좋은 가정을 '문명의 가정'이라 표현하고 있으며, 문명의 가정을 만드는 것이 행복한 생활과 나라(사회)와 민족을 흥하게 하는 길이라고 이야기되고 있다.

(11) 家庭의힘과그改良의必要

家庭(가뎡)의 힘과 그 改良(개량)의 必要(필요)

朴寬洙

우리가 가뎡에서 생장하야 가뎡에 근거를 두고 사회에나와 활동하다가나종 가뎡에 도로드러가 이세상을 세나니 우리가 나기전 부터 우리가 죽은 뒤ᄭᆞ지 이가뎡과 매진 깁흔 인년은 맛치 영혼과 육톄의 결연갓습니다。 서로 떠러질수도 업는것이오 서로 도읍지아니할수도 업는것이외다 가뎡이 업스면 개인이 완전한 생활을 할수업고 또 개인이 업스면 가뎡도역시잇을수 업는것이올시다。 그럼으로 개인의 일평생에밋는 가뎡의힘은 구필로 다할수업는일이니각기 자긔의형편을 돌녀생각하여보면 분명히 알일이올시다。 그런대 세상가뎡중에는좃흔가뎡도 잇고 좃치못한 가뎡도잇스며 행복의 가뎡도 잇고 환란의 가뎡도 잇는대 행복의가뎡은 그가족의게 행복을주는것이요 환란의가뎡은 그가족의게 환란을주는것이올시다。 그럼으로 부요한집에 태여난 사람이 일평생 그가뎡의덕으로 얼마나 행복으로 지내는지 빈곤한 가뎡에 태여난사람이 얼마나 설움과 곤란을 당하는지 한번 눈을 돌녀 사회를 둘너 보면 명백하게 알일이올시다。 가뎡이 그가족의게 밋치는힘이 엇더한것을 깨다라서 지금 내가뎡이 훌륭하거던 더욱히 훌륭한가뎡을 자손의게 전하도록할것이오 지금 내가뎡이 못되여서 흉악한 곤란과 망칙한 설움을 밧고 잇거던 「나는 이왕 이와갓흔 불행한생활을 보냇지라도 내자식부터나 이곤욕을 벗고 설분을 하여보겟다」는 생각으로 이가뎡이라는것을 연구하야 개량하여봅시다。

내몸이 내 사사의 몸이 아니요 위으로는 두천두백대의 조상을 뫼신 자손이 되여잇고 아래로는 긔천긔만대의자손의 조상이 될것이며 또 사회를만든한사람이 되엿스니 상하사방에 아니걸닌대업난것입니

주요섭, 「결혼에 요하는 3대 조건」, 『신여성』, 1924. 5.

이 글은, 양성(兩性)의 사람이 만나 아이를 낳고 세대를 이어가는 결혼에서 남녀의 정신적 육체적 융합의 조화를 강조한다. 그래서 이 강조 사항의 전제 조건으로 이야기된 연애, 이상(理想), 건강은 결혼의 3대 조건이 된다. 그리고 3대 조건에 포함시키지는 않았으나 마지막에 경제적 문제를 비중 있게 설명하고 있다.

결혼의 제1요소로 들고 있는 연애는 여러 가지 조건 중 가장 강조되는 것이다. 결혼은 남녀가 육체와 영혼으로 융합하여 하나되는 것인데 이 융합을 가능하게 하는 것이 연애이기 때문이다. 결혼에서 성적(性的) 관계는 생식이 목적이 아니라 인생을 美化, 淨化, 聖化 시키는 것이기 때문에 연애는 중요한 요소가 된다.

연애가 무엇인지를 설명할 때는 당대에서도 '저 유명한'이라는 수식어가 붙는 엘렌 케이 여사의 연애도덕론이 인용되고 있다. 그에 기반하여 감각적 사랑만을 쫓는 자유연애와 영적사랑만을 이야기하는 정신 연애가 구분된다. 당대 조선에서 결혼의 조건으로 이야기된 참연애는 영과 육이 일치된 상태를 말한다.

結婚에要하는三大條件

朱耀燮

디구우에서는 모ㅣ든생물이쓴침업시 번식되고 生을계속하게하기위해서 大自然(或은神)은우리에게 또는모ㅣ든동식물에게 男性女性이라는분간이잇게만드러놋코이두性이서로융합하는가운데서 새로운生이 그結果로나아오게만드럿습니다。그래서男女관계의변미뿌리는곳(Germ Plasm)의永久不滅을支持하기위한一種本能的行動입니다。自然은우리에게男性은女性을그립어하고。女性은 男性을그립어하는本能을공급하야써 生이라는것의계속과번식을도모한것입니다。그럼으로동식물은물론하고 下流에니르러서는아모지각도업시거의天然的으로交尾를하게되여잇습니다。그러나性的관계는여기서쯧친것은아닙니다。動物이最下級的인分割 혹은發芽의法則으로생식할때로부터 無意識的이나마 交尾라는것으로써(곳兩性의관계로써)생식을하는級에니르기까지동안ㅣ곳아메싸 나 파라메시움의分割생식 하이드라의發芽생식등時代로부터지렁이나코배이뱀쉬또는물고기 머구리等의交尾로써 생식의기초를삼는그時代까지進化하는그동안에는 만흔發展、變化向上이계속되엿슬것과맛찬가지로 이交尾생식을하는동물들속에도역시여러종류의優劣과高低의칭계가잇슬것입니다。다시말하자면 (Metozoa) 안에서도 물고기나머구리의野卑스런兩性관계로부터 사람의崇高스런兩性관계에니르기까지에는 수만흔中間的進化의階級이잇스리라는말이외다。

따라서우리는이兩性관계가 高等動物이면일사록더優美한方向으로進化한다는事實을볼수잇게되엿습니다 그런데사람은高等動物中에서도 가장놉흔地位를가지고잇습니다。그럼으로 사람의兩性관계는 두말업시 다른動物들의그것보다더崇高하고아름다울것이요 또그러치안으면아니될것입니다。

그러함으로 하등동물에잇서서는 냥성관계는일종肉的관계에지나지안습니다。싸라서무슨一定한結婚生活이라는것이오래계속되는경향도업습니다。그래서그들은해마다交尾期가되면 그 한時期동안만부부의관계를매자알이나새기를낫코는그交尾期가지나면그만分離해버립니다。쑛차서一定한남편이라는것도업고一定한안해라는것도업시그냥交尾期만되면 만흔男性이한女性을싸라단니다가 신수가죠키나 잘난놈한놈이옵히여서그女性과肉的관계를맷고는그만때려져서아모데로나가버리고말고 또그女性도다시그男性을다시맛날생각도아니합니다。우리人類도太古무지몽매햇슬때에는 그와비슷한생적생활을햇겟다구만흔학자들은말을합니다。

그러나高等動物일수록 이관계는하등동물보다더복잡해갑니다。그래서最高動物인人類에니르러서는 이복잡하고신비스런생뎍생활이거의人類一生涯를支配한다구해도可할만치 세력잇고복잡하게되엿습니다。엇든종류엣고등동물(특히날즘생중에)들도그럿습니다마는 특히사람은한때交尾期의肉的관계만으로는만족하지안습니다。사람은육뎍관계보다도 그이상의무엇을요구합니다。그래서 여기비로소령뎍혹은정신뎍관계혹은결합이생겨나는것입니다。

물론사람들도때로는육뎍충동을억제하지못해서 일종번때뎍이오원시뎍인생뎍관계를맷습니다마는 그것으로인류의생뎍생활이전부라구볼수는업습니다。사람에게는육뎍관계보다도더아름답게숭고한령뎍관계가잇습니다。그래서사람은하등동물과갓치한때교미괴에맛낫다가헤여지는것이아니라。한남자와한녀자가육과령이서로합하여한몸이되어가지고 육뎍충동을만족식히는것은물론 그이상으로정신뎍융합의쾌락을잇게되는것입니다。

◇결혼의第一要素

그러면 사람사회에결혼이라하는말은 곳 한남자와한녀자가육과령으로 융합하야하나이되는것을가르친말이외다。또 이 융합을가능하게만드는충간물 혹은징검다리는곳우리가흔히말하는 련애라는그것이

외다。그래서고등동물인사람에게잇서서는 결혼이라는것이다만하등동물처럼생식이나하기위해서모무히는생뎍관계가아니라。그보다도한층더드러가서인생생활을미화식히고 정화식히고또醇化식혀서人類의靈的生活을擴大하게하는것을의미하게되는것이외다。그리고이偉大한결혼생활의요소는두말할것도업시련애그것이외다。

그러면련애란엇더한것인가? 나는말을번다하게쓰기를피하야다만저ㅣ유명한엘렌케이女史의戀愛道德論에서한모퉁이를쓰집어내이고말겟습니다。그는이러케말햇습니다。「련애의意義를말한진뎡한련애라는것은결코령뎍의것도아니오육뎍의것도아닙니다。곳령육합치와고상하고복잡한것입니다。불만서소섭가쓰지산머ㅣ가말한것갓치감각으로써령혼을압제하지도말고 또는동시에령혼으로써관능을압제하지도안하야한다。곳련애는결코잔단한감각본위의것도아니오 또는단순한령뎍혼위의것도아닙니다잔단한감각뎍사랑은소위자유련애라구하는것이오 또간단한령뎍사랑은소위정신련애라구하는것인데 이두훌은어느것이든지참의미로의련애가아니다세상에서흔히 (Platonic love) 곳감자을압박하는사랑으로써고상한련애라구하나 그것은대단한오해일다。참의미로외련애는 어데까지든지 령육일치의련에가아니면아니된다」이상과갓치그는련애라는것은곳령육이일치하는일종관계로써 령육융합의생뎍관계를맷는결혼이라는것에第一要素인것을밝히드러냇습니다。

그럼으로결혼의첫재요소는련애그것이외다。련애가업시결혼을련상할수업습니다。엘렌케이는「그의련애와결혼」에서다시이러케말햇습니다。

「엇더한결혼이든지거긔련애가잇스면그것은道德일다。아모리한法律上수속을다해서成立된결혼이라구하더래도거긔련애가업스면그것은不道德일다」하고다시말하기를

「正式으로결혼하고아니함을물론하고 아버지로또는어머니로의책임을다하면그것은항상신성하다」여기에다가나는한마대를더보태서이러케말하렵니다。『정식으로결혼하고아니함을물론하고그두남녀새이에령육이일치하는참된련애가잇고또그련애가계속이된다면그결혼은항상참된결혼이오신성한것이외다』라고말하렵니다。

그럼으로갓치사는냥성새이에 이련애라는것이업스면그는제아모런법률상 종교상수속을갓초고 자식을낫고 몃십년을갓치살앗다구하더래도 그것은진정한결혼생활은아니외다。만일同居하는두부부간에다도령뎍일치라는것이업스면 그거슨악한남자가유곽에가서엇든한녀자와육뎍관계를맷는것에서더울러것이업습니다싸라서이는진정한결혼이아니거나원시시대야만의결혼이거나이외다。그래서련애가업시成立된결혼은아모러한조건하에그부부생활이성립되엿다하더래도 결코그거슨천만한결혼으로인뎡할수가업습니다。그럼으로잇는모ㅣ든강권뎍 세력뎍결혼——습관 경제 의무등을포합한——은하나도정당하고 또는참뎐의미엣결혼이라구할수가업습니다。

◇참된戀愛의成立될機會

여기문제가하나생깁니다。그러면현재우리나라상속과상태로보아 과연젊은남녀간에참된련애가성립될기회가잇슬가? 참으로이것은큰문데이외다。그러나 적어도내생각에는 만일우리나라사회상태가우리젊은사람들에게참된련애의자유를허락해주지안는달것갓흐면 또는그럴기회가우리에게너르지안는달것갓흐면 나는일생을독신생활을할것입니다。내가바라기는우리나라젊은이는 녀자나남자나모다이러한결심을가지고잇서서 어대까지든지 련애가업는권력뎍 또전뎍결혼에반항하야써 성뎍생활해방의큰힘을만들도록하기를바라는바이외다。

그러고우리가이성뎍생활의자유를엇는가장싸른길로는 나는두가지를 여러분에게소개하려합니다。

첫재젊은이들은 남자나녀자나물론하고 우리태도를아주깨끗하고여유잇고 신중하게가져야하겟습니다머욱이우리는우리육뎍충동을어대까지든지잘제어하고지도하여서 지금늙은이들이걱정하는바성뎍부도덕한생활을면너하기를힘써서써그들로하여곰마음놋코젊은남녀들의자유사교를허락하도록만드러노차야하겟습니다。그러고미욱이엘렌케이女史가말한것갓치 우리는련애를존경하야엇든청년남녀가련애를하는사실을알때에는 그들을존경하고귀애하며편익을도와주기를힘쓸것이오 결코회롱뎍태도나비방하는태도를취하지아니

하여야하겟습니다。 못두말할것업시우리는 련애라는것은남녀간의신성하고숭고하며존귀한것인줄을확히깨닷야할것입니다。

둘재로新은이들은 며느리아들이나딸가진이들은 [illegible] 온갓부모력하고모려업슨데에결혼의음모무미기를준비되고 사위나며누리선보러배방구석에가서 수군거리기를맛치고 이제부터는어데와지든지 [illegible] 그쌍이할수잇는데로만흔남자롤과사괴이게하고 아들가진이는할수잇는데로 그아들이만흔녀자롤과교제를할수잇도록편리와기회를주고 [illegible] 작기충분한선택을하야참된연애가성립된후 부모가혼사지내지못해서 [illegible] 자녀들이운저결혼하겟다구해롤쓰게되도록한다면그쌍하말로참된결혼이라는것이비로소우리나라에도생겨나게될것입니다。 [illegible]

[illegible]

◇戀愛以外의두가지要件

그러나결혼은련애만으로성립되는것은아닙니다。 [illegible] 결혼의第一요건은 [illegible]

[illegible]

히그결혼은만족한결과를내일수가업슬것이외다。 그와갓흔남녀는일생을서로戀人으로지낼수는잇스나 夫婦가될수는업습니다。 [illegible] 田園에가서 [illegible] 自然을질기고 농사하는農民들의敎育 生活상태개선 [illegible] 그女子의취미와생각하는바생활은 화려한도회처에서 훌륭한사교와쾌락으로써 일생을맛추고저함에잇다구하면 이두사람은결코부부생활을할수가업습니다。 [illegible] 分明한일입니다。 [illegible] 결혼하지안는것이합당합니다。 결혼하지말고一生을서로련인으로지내면그만일것입니다。

둘재는 [illegible]

[illegible]

그런데만일이상에말한것갓치 사랑이잇고 리상이갓고 두편이다건강한사람이면 그들은결혼하여야합니다。 [illegible] 결혼생활에대한罪人이요따라서全人類에對한큰罪人이올시다。

이러와지가지요소가구비한사람은반드시결혼을하여야조할것입니다。 이제는그럼그결혼은엇더케하나? 하는方式문제에니르럿습니다。 [illegible]

◇살림問題! 돈問題!

[illegible] 그것은아모리두남녀가각각지결혼할만한요소를갓추엇다구하더래도 [illegible] 그결혼을연기하는것이좋습니다。

무엇할것보덤서는우리나라 大家庭制度를反對합니다。 [illegible] 小家庭을意味합니다。 [illegible] 大家庭을일우는것이 [illegible] 不可思議의현상입니다。 [illegible] 全社會生產에對한 [illegible] 不幸한一生을보내게만드러노흔뿐만아니라 이것과

모든현재우리나라 민족성의最大弱點인 시기하는마음과 [illegible] 二代以上三代 [illegible] 大家庭制度는 첫재우리個人이幸福된生活하는 [illegible] 朝鮮全社會의將來를 [illegible]

[illegible]

그런데 자유연애 때문에 참된 연애 성립이 위기라고 말하는 것으로 보아 당대 조선의 풍속과 상태가 어떠하였는지를 짐작해 볼 수 있다. 글쓴이는 이 참연애를 위해 부모들에게는 중매를 통한 결혼의 음모를 그만둘 것을 당부하고 있고, 젊은이들에게는 연애 없는 결혼에 반항할 것을 제안한다. 자신은 연애를 기초로 하지 않은 결혼에는 일생을 독신생활로 지내는 것으로 반항하겠다고 말한다. 이것을 두고 '성적 생활 해방'이라고 말하고 있어 흥미롭다.

연애 이외의 두 가지 요건은 이상(理想)과 건강이다. 연애가 결혼의 거의 전부를 점령하고 있다면 그 틈새를 메워 줄 정도의 것으로 나머지 두 요소가 설명되고 있다. 당대 결혼에 대한 생각을 이해하는 데 중요한 부분이다. 건강은 자식을 낳아야하는 것과 연관되고 있으며 병이 있을 때는 결혼을 하지 않는 것이 옳다는 말로 건강을 강조하고 있다.

세 조건 외에 가정은 결혼한 부부와 그 자식으로 성립된다고 쓰고 있어 소가족을 새시대에 어울리는 가정으로 기정사실화하고 있는 것을 알 수 있다. 이 새가정의 경제적 독립을 위해 부부 모두 돈을 벌어야 한다는 것이 매우 당연한 것으로 서술되고 있는 점은 주목할 부분이다. 당대 사회적 구조가 변해 가고 있다고 해도 여자가 직업을 갖는다는 것은 쉽지 않은 일이었을 것이기 때문이다.

이광수, 「혼인에 대한 管見」, 『학지광』 2, 1917. 4.

과거 혼인제도에 대한 비판이 많이 대두되고 있던 시대인 만큼 이 글은 새시대에 맞는 결혼의 조건과 목적 등을 구체적으로 세목화하여 보여주고 있다. 이 글에서 말하는 혼인의 목적은 생식과 행복추구에 있다. 이 목적을 위해 혼인의 조건으로 여러 가지 요소들이 나열되고 있는데, 근본조건으로 제시된 것이 건강과 연애이다.

건강은 당사자들뿐만 아니라 미래의 자녀를 위해서 강조된다. 연애는 진화, 문명이라는 어휘와 함께 이야기되면서 개인적이면서도 공적인(시대적인) 영역의 일이 되고 있다. 그래서 이 연애를 무시한 조선의 혼인은 개인에게 불행을 가져오는 일이면서 반문명적이고 미개한 제도로 비판받게 된다.

집안의 계보도 중요한 조건이 되는데, 여기에서는 모계 혈통의 중요성도 강조됨으로써 가부장적 시각에서 벗어나고 있음을 보여준다. 그리고 정신적 육체적 성숙을 중요 조건으로 말하고 있어 민며느리제도나 조혼 풍속이 잘못된 것임을 알 수 있게 한다. 선진국이 혼인 연령을 법률상으로 제정하고 있다고 설명해 주고 있어 조선에서의 새로운 제도에 대해서도 현실적인 변화를 생각해 볼 수 있게 해 준다.

경제적 능력도 중요하게 다루어진다. 소가족으로서의 독립과 개인 능력으로 삶을 경영하게 한다는 당대의 변화된 인식에서 이 경제적 능력은 부부 모두

三. 婚姻上으로 본 女子敎育問題

四. 貞操

李光洙全集 44

45 婚姻에 對한 管見

宿命論的 人生觀에서 自力論的 人生觀에

李光洙全集 46

47 宿命論的 人生觀에서 自力論的 人生觀에

에게 요구되는 사항이다. 그러하다 보니 여자 교육의 필요성은 매우 현실적인 것으로 다가오게 된다. 특히 이광수는 여자의 교육이 훌륭한 아내와 어머니가 되기 위해서가 아니라, 개인의 완성과 행복한 삶을 위해 필요한 것이라고 설명하고 있다. 결혼생활에서 중요한 정신적 융화는 평등하게 교육 받은 부부에게서 가능하다는 논리가 이 주장을 뒷받침하고 있다.

마지막으로 글쓴이가 요구하고 있는 것은 不更二夫의 조선 정조관념에 대한 대변혁이다. 즉 여자의 재가에 대한 인식변화를 요구하고 있는 것이다. 수절

이광수, 〈혼인론〉, 「매일신보」, 1917. 11. 21~30.

(守節)이나 정열(貞烈)을 허명이라 비판하면서, 혼인은 계약 관계임을 역설한다. 따라서 이 계약 관계가 어느 한편에 의해 깨어지면 계약은 소멸되므로 다시 결혼하는 것은 지탄받아야 될 성질의 것이 아니라 합리적인 일이 된다

남편이 죽은 경우는 물론이고 당대 이혼이 급증하는 세태 속에서 이러한 인식의 변화가 요구되는 것은 당연한 것이지만, 결혼을 계약관계로 설명하는 부분을 당대 독자들은 어떻게 받아들였을지 궁금하다. 이광수의 결혼에 대한 다른 글인 〈혼인론〉(「매일신보」, 1917. 11. 21~30)도 관련하여 읽어 둘 만하다.

서(그 中에도 西北地方에서) 흔히 目擊하는 바외다. 新郎이 妻를 알게 되려면, 新婦는 五、六年의 獨身生活、生寡婦生活을 하여야 할 것이외다. 姦淫이며、本夫 殺害의 罪惡이 生함은 흔히 이 時期외다. 不自然한 婚姻의 當然한 報復이외다. 그리하고 新郎이 三十四、五歲 即 男子의 全盛 時代에 達하면 新婦는 벌써 四十이 넘어 生殖도 못하는 中老의 城에 入한 것이외다. 이에 勢不得已 男子는 妾을 蓄하고 花柳界에 出入하게 되는 것이외다.

身體가 充分히 發育하여 完全한 生理的 男子와 生理的 女子가 된 後에야 비로소 完全한 生理的 夫와 父, 生理的 妻와 母가 될 것이외다. 장가를 들고 싶어 못견디어 하는 男子와 시집을 가고 싶어 못 견디어 하는 女子가 서로 個性을 理解하고 서로 個性에 愛着하여야 和樂한 家庭을 이루어, 夫는 실컷 夫의 滋味와 夫의 幸福을 맛보고, 妻는 실컷 妻의 滋味와 幸福을 맛보지며, 因하여 充實한 子女를 生하여 따뜻한 父母의 愛情 속에서 그 父母보다 優良한 人物이 되게 할 것이외다.

朝鮮서는 生理的으로 十分 發育하지 못한 男女(特別히 男子)를 夫婦를 만들어 놓고, 人爲的으로 그 發育을 速하게 하려는 일이 있습니다.

男子가 恒常 肉體를 接하면 生殖器가 速히 發達합니다.

그러므로 早婚한 男子는 十四、五歲에 벌써 陰陽을 알고 男子를 많이 接하는 婦妓는 十一、二歲에 벌써 陰陽을 알게 된다 합니다. 그러나 이는 極히 不自然한 發育이외다. 뼈가 되고, 筋肉이 되고, 腦髓가 될 養分이 全혀 生殖器에 消耗되는 病的 發育이외다. 가장 健全한 發育의 經路는 身體의 他部分이 먼저 發育한 後에 生殖器가 發育함이외다. 生殖器가 發育한 後에는 精力을 消耗하기 쉬우므로 身體의 他部分의 發育을 沮害하기 甚大하외다. 早婚 男女의 身體의 不健함이 이 때문이외다.

그런데 朝鮮의 父母는 全力을 다하여 그 子女의 生殖器가 速히 發育하기를 힘씁니다. 생각하면 우스운 일이외다. 또 可憐한 일이외다.

만일 早婚이 如前히 盛行하면 朝鮮人의 體質은 代마다 漸漸 退化할 것이외다. 얼굴이 누렇고, 가슴이 움쑥 들어가고, 허리가 구부러지고, 입을 헤벌린 꼴은 永遠히 없어지지 아니하다가, 마침내 滅亡에 이를 것이외다.

「아아, 生殖器 中心의 朝鮮이여.」하는 慨嘆을 禁치 못합니다.

(一九一七年 十一月 二一日～三○日 《每日申報》所載)

李光洙全集 104

二期(一九二一年～一九三○年)

中樞階級과 社會

古代社會와 中心人物

有機體인 生物의 細胞에 核이 있음과 같이 社會의 形成에도 核이 있읍니다. 古代史를 보든지, 現今 濠洲나 亞弗利加 等地의 蠻族의 狀態를 보더라도 社會의 單細胞라 할 만한 部落이 形成될 때에는 一個의 中心人物이 있고, 그를 中心으로 數十 乃至 數百, 數千의 個人, 或은 家族이 團聚함을 發見합니다. 이를 또 蜜蜂에 比할 수 있으니, 女王蜂이 있어야 蜂群이 形成되고, 있는 동안만 維持되다가 一旦에 女王蜂이 없어지면 全蜂群이 離散합니다. 이를 史에 考하건댄, 中國民族의 社會의 形成은 堯와 舜을 無視하고 說明할 수 없으며, 朝鮮民族의 그것은 檀君이 없이 說明할 수 없읍니다. 그중에도 가장 適例라 할 것은 埃及에 流離하던 이스라엘 民族이니, 그네는 모세라는 中心 人物을 核으로 하고 一國을 成하여 猶太國의 基礎를 成한 것이외다.

창해거사(滄海居士), 「가족제도의 측면관」, 『개벽』, 1920. 8.

부부와 자녀 중심의 새가정이 당대의 화두가 되면서 종래의 가족제도에 대해 비판하는 글들이 눈에 만이 띈다. 이 글 역시 과거 조선의 가족제도의 문제점을 지적하면서 당대 요구되던 새로운 사고의 한 측면을 보여준다.

이 글은 당대를 新舊의 과도기 시대로 보고 시대 변화에 따라 무엇이 변해야 하는지를 짚어주고 있다. 우선 개인(개성)의 중요성이 강조되면서, 기존의 가족제도에서 무시되었던 개인을 발견하게 하고 있다. 특히 종래 조선의 가부장적 대가족 제도는 여성(부인)의 인격을 무시하고 자녀(어린이)의 개성을 자유롭게 발달시킬 수 없는 제도였다고 비판한다.

부부관계에서 아내는 평등, 자유의 관념 속에서 대접받지 못했고 노비나 소유물로 취급되었던 것이 현실이다. 부인이 독립재산을 가질 수 없었던 점, 직업문제 등이 과거 가족제도와 맞물리고 있다는 것도 지적되고 있다. 자녀 역시 개인으로

家族制度의 側面觀

一、家族制度의 變遷

二、由來家族制度는 婦人의 人格을 無視한 것

서의 자유가 보장되지 못하여 학교나 직업 등 선택의 문제에서 대가족 제도에 억압되고 있음이 문제적으로 이야기된다.

이 문제들은 개선이 필요한 조선의 후진성을 드러내는 부분으로 볼 수 있다. 하지만 그러한 이야기를 통해 변화하는 세계의 흐름을 따라가게 되는 것이므로 이 과정이 인류 진보의 과정에 참여하는 것이라고 의미화하고 있는 맥락은 눈여겨 볼 필요가 있다. 일본의 식민지 근대화 정책과 유사한 논리가 내재해 있기 때문이다.

이광수, 「자녀중심론」, 『청춘』 15호, 1918. 5. 8.

이 글 역시 부부와 자녀 중심의 소가족 제도 옹호와 개인의 중요성을 강조하고 있는 글이다. 이 글은 우선 구조선의 父祖 중심의 가족제도 내에서는 자녀들은 父祖를 위하여 개인의 자유를 희생당해야 했다고 비판한다. 중심이 되는 사람의 삶의 목적을 따르는 것이 중요한 덕목이었으므로 자녀들은 교육, 직업선택, 결혼과 같은 중대사를 결정하는 데서 당사자인 개인의 행복을 고려하지 못하는 폐단이 생기게 된다. 이 문제의 심각성을 깨달아야 한다는 것이 글쓴이가 주장하는 바다.

세상과 삶의 중심은 자기이므로 누구를 위하여 희생한다는 것이 미덕이 될 수 없다는 것이 이광수 비판의식의 바탕에 있다. 따라서 자녀는 독립한 개체로서 스스로의 삶을 개척해야 한다. 이를 위해 자녀는 부모에게 의존하는 생각을 버리고 자기 삶을 경영해야 한다. 이 맥락에서 재산 상속제도는 폐지되어야 한다고 이야기된다.

이러한 관점에서 부모는 자녀를 중심에 두고 관계를 맺어야 한다는 말이 가능해진다. 부모는 자녀를 소유물로 생각할 것이 아니라 좋은 교육을 제공하여 스스로의 삶을 경영할 수 있는 능력을 가질 수 있게 해 주는 것이 가장 큰 의무이자 도리가 되는 것이다.

그에 따라 효의 관념도 변화가 필요하게 된다. 부모와 대가족을 이루어 함께 사는 것만이 효라고 고집할 것이 아니라 자식이 스스로 독립된 생활을 하는 것도 효라는 것을 인식하는 것이 필요하게 된다. 그리고 부모에게 무조건 순종하는 것을 효라고 여기는 것도 인식의 전환이 요구되는 부분이라고 말하고 있다.

자녀중심론이 가족제도로부터 시작하

여 개인의 강조, 경제적 독립, 부모의 역할, 효의 개념변화로까지 무리없이 전개되는 논리적 힘이 이 글을 차별화시켜 주고 있다.

이광수, 「소아(小兒)를 어찌 대접할까」, 『여자계』 3호, 1918. 9.

개인으로서의 한 인간에 대한 자각이 생기면서 어린이에 대한 인식의 변화도 자연스럽게 이루어지고 있다. 글쓴이는 그동안 조선에서 어린 아이를 어떻게 대해왔는지를 돌아보면서 생각이 바뀌어야 할 부분을 서술하고 있다.

이 글은 과거는 물론이고 당대에서도 어린아이는 사람이 아닌 동물이나 물건처럼 여겨지는 것이 문제적이라고 이야기한다. 이 문제의 가운데에 조선의 연령에 의한 수직적 인간관계 관념이 내재하고 있다고 분석하고 있다. 이 관념 속에서는 순종이 미덕이 되므로 나이 어린사람들은 그보다 나이 많은 사람과 자연스럽게 의사소통하는 방법을 배우지 못한다. 그래서 시대가 변하여 무조건적인 순종이 더 이상 미덕이 되지 않는 시대에 와서 젊은이들은 반항이라는 방법으로 의사를 전달하게 될 수밖에 없다는 설명은 되새겨 볼만하다.

그리고 어린아이를 향한 체벌이나 언어폭력도 문제라고 지적된다. 어린이를 인격을 지닌 사람으로 생각하지 않기 때문에 이런 일이 너무나도 당연한 것처럼 행해지는데, 長幼의 구별의식이 차별이 될 수 있다고 일깨우는 부분은 의미심장하다. 이 점은 학교체벌과 폭언이 문제가 되고 있는 오늘날에도 생각해 볼 문제이다.

방정환, 「어린이 날」, 『어린이』, 1926. 5.

조선 사람들이 눌리고 짓밟히며 살아왔지만 그 가운데에서도 더욱 학대 받아 불쌍한 사람이 조선의 소년 소녀였기에 어린이날이 만들어졌다고 전해주고 있는 글이다.

—(2)—

어린이날

돈업고 세력업는탓으로 됴선사람들은 이째싸지나리눌리고 짓밟히여 압호고餓혼생활만하여왓슴니다。 그러나 그 불상한사람중에서도 그 쓰라린생활속에서도 또 한층더 나리눌리고 학대밧으면서 무침하게짓밟혀만잇서온 참담한중에 더참담한인생이 우리들 됴선의소년소녀엿슴니다。

학대밧앗다하면 오히려 한목 사람갑이나잇섯다할가——갓나서는 부모의재롱갑 작란감되고 커서는 어른들일에 편하게씨우는 긔계나 물건이되엿섯슴뿐이요 한목 사람이란갑이업섯고 한목사람이란 수효에치우지못하여왓슴니다

우리의 어림(幼)은 크게 자라날어림이요 새로운큰것을지어낼어림입니다。 어른보다 十년 二十년 새로운세상을지어낼 새밋천을가젓슴망정 결단코 결단코 어른들의 주머니속물건만될싸닭이업슴니다。 二十년 三十년낡은어른의발밋에 눌려만잇슬싸닭이 절대로업슴니다。

새로 픠여날새싹이 어느째싸지던지 나리눌려만잇슬째 됴선의 餓홈과 압홈은 어느째싸지던지 그대로니여만갈것입니다。

—(3)—

그러나 한이업시쌧어날 새목숨 새싹이 어느째싸지던지 눌려업드려만 잇지안엇슴니다。 五년전의五月초하로! 멧백년 멧천년 눌려업드려만잇던 됴선의어린이는 이날브터 고개를들고 이날브터 외치기시작하엿슴니다。

가리운것은헷치고 덥힌것은벗거던지고 새세상을지어놀 새싹은 웃줄웃줄쌧어나기시작하엿슴니다。 그긔세는 맛치 五月햇볏갓치찬란하고 五月의새닙(新綠)갓치 씩씩하고 또 五月의샘물갓치 맑고깨끗하엿슴니다。 어린사람의해방운동이 단톄뎍으로 五百여처에니러나고 어린사람의 새명량식이 수십가지잡지로 뛰니어나와서 어린이의살림이 커지고 또 밝어젓슴니다。

아아 거룩한긔렴의날 五月초하로! 기우러진됴선에 새싹이돗기시작한날이 이날이오 성명도업든 됴선의어린이들이 새로운생명을엇은날이 이날임니다。

엄동은지나갓슴니다。 적설(積雪)은녹아업서젓슴니다。 세상은五月의새봄이되엿슴니다。 눌니우는사람의 발밋에! 또하겹눌녀온 됴선의어린민중들이여! 다ー갓치나아와 이날을긔렴합시다。 그리하야 다갓치 손목잡고 五月의새닙갓치쌧어나갑시다。 우리의생명은 쌧어나가는데에잇슴니다。 됴선의희망은 우리의커가는데에잇슬뿐입니다。

이 글을 통해 이렇게 오래 전에 어린이날이 탄생했다는 흥미로운 사실을 알게 된다. 이 글은 몇 년 전(1921. 5. 1)에 만들어진 그 어린이날을 기념하여 어린이의 가능성을 중요하게 생각하자고 쓰여진 일종의 기념사 성격을 띤다.

짧은 글이지만 이 속에는 당대까지 조선 어린이의 위치를 짐작할 수 있게 하는 작은 정보들이 많다. 성명도 갖지 못하고 어른들의 재롱감이나 물건처럼 여겨진 것에 대한 반성적 인식이 강하게 표출되고 있다. 그리고 당대 어린이 해방운동이 단체적으로 500여 곳에서 일어났다는 것, 어린이 관련 잡지가 수십 종 만들어지면서 어린이가 비로소 한 인격으로 인식되어 가고 있는 정황도 전해주고 있다.

남한산인(南漢山人), 「가정교육과 아동의 관계」, 『신여성』, 1925. 11.

1920~30년대 강조되던 가정, 어린이, 교육에 대한 총체적 시각이 어우러진 글이다. 학교교육 이상으로 가정교육이 중요함을 강조하고 있는 이 글은 당대 조선의 부모들이 가정교육에 무지함을 비판하면서 가정교육의 효력을 일깨우고 있다.

조선의 부모들은 학교라는 공간을 통해서만 교육이 이루어진다고 생각하는 경향이 있는데, 교육은 가시적인 학습, 지식습득 차원 이상이라고 설명한다. 그리고 현대사회의 학교 교육이라는 것도 집단을 동일하게 다루는 데서 오는 폐단이 있으므로 인격의 완성을 위해서는 가정교육이 매우 중요하다는 사실을 강조한다.

가정교육의 가장 기본이 되는 요소로는 아동을 이해하고, 인격과 개성을 존중하며 아동의 주위환경에 항상 관심을 갖는 것 등이 언급되고 있다.

—(47)—

家庭敎育과兒童의關係

南漢山人

家庭敎育이라하면世人들은그리重要視하지안는것갓다、그러나그것은敎育이라는것이엇더한것인지?를全然히알지못하는사람의所見에不過한다、家庭敎育은學校敎育以上으로그効力을가진것이다、兒童이出生함으로부터第一큰感化를밧는곳은家庭이니兒童의人格과品性은全혀이家庭敎育에依하야決定될수잇는것이다、世上에偉大한人物들은흔이그背後에善良한感化를주는賢明한父母가잇슴을알수가잇다、이는歷史가證明하야주는事實이다、家庭敎育은그効力이이만콤偉大한것이다、이러한家庭敎育을理解하며研究한다함은兒童敎育上가장必要한일이다、그러나只今여긔말하려하는것은내가前에이러한方面에研究를하야이를發表하기싸지에는일오지못한다、다만今日朝鮮兒童父母들의家庭敎育에對한無理解한點을大綱말하고아울러여긔에對하야反省하지안으면아니될條件을提出하야兒童敎育上에一條의光明이라도비최게되기를衷心으로期待하는所以다

우리朝鮮兒童의父母네들心中에는이러하다、兒童을學校에나보내면이것이敎育인줄만안다、文字나學習하면이것이敎育인줄만안다、그러나그것은根本的으로큰誤解다、敎育은決코그럿케單純하고容易할수는업슬것이다、敎育이라는것은적어도兒童의한人格의完成을目的으로한다、이럿케人格의完成을目的으로하는敎育으로서學術만專혀主張하는現代學校를다만偶像崇拜的으로惰性的으로妄信을한다함은兒童敎育上큰失策이라고이르지안을수업다、現代學校는兒童의人格을넘우나器械化하려한다、넘우나典型化하려한다、兒童의自發的活動力을넘우나無視한다、兒童으로하야금個性의自覺에依하야스스로發展할餘地와機會를넘우나容認하지안는다、先生들도그의職務

와多數한兒童들의學術敎授에編纂하야그들과觀着할餘裕가업고다만盆栽的敎育으로多數한兒童들을一定한主義와統一아래에억갓흔人格을맨들기에苦心할뿐이다、現代學校는學術을敎授하는機械室이라할수는잇슬지언정人格을陶冶하는敎育室이라고는할수가업다、敎育이다만學術만主張함이라하면이것은敎育의破壞를意味한다、現代學校는兒童의人格을薰陶하기에는넘우나適當한場所가되지못한다、이것이現代敎育의缺陷의한가지다。

그러면 畢竟에現代兒童의發展을도와줄場所는어대잇느냐?、나는躊躇하지안코家庭卽父母계신곳이라고對答할수밧게업다、從來朝鮮父母들은兒童의敎育한場所는오족學校뿐인줄만알엇고家庭에는그미關係가업는줄모생각한것갓다、이것은頗히奇怪한現象이다、그들이自己子女의人格完成은期待하면서自己子女의敎育은도로혀全然히他人에게委任하얏슴은넘우나不合理한일이안이냐?、이것이나로하야곰家庭敎育의必要를말하지안이치못하게하는所以다。

그러면엇더한것이家庭敎育이냐?、엇더한것이今日우리朝鮮家庭敎育의零落을救助할唯一의方便이냐나는여긔가장單純하게세가지條件을提出한다。

一、兒童을理解하여라!
二、兒童의人格과個性을尊重하여라!
三、兒童의身邊을恒常監視하여라!

함이다、이밧게다른特別한方針은업슬줄로나는생각한다。兒童이五六歲되여言語를發表할줄알면차차同伴들과한가지로遊戲에滋味를붓친다、兒童에게對하야는遊戲以上의娛樂은업다、往往寢食을닛고이遊戲에耽하는것을볼수가잇다、그들에게對하야는일파遊戲의分別이업다、大人에게對하야는그遊戲가아모所用업는것갓호나그들에게對하야는遊戲가일이요일이卽遊戲다、遊戲中에도危險한遊戲가만타、돌을던지며木棒을휘두르며甚한者는器物을破棄하며物品을竊取하며同伴을虐待하기도한다、그러나이것은엇지할수업는兒童의先天的根性이라함이學者의硏究한바의發表다、저―쇡스피아갓흔大詩人、大德頌家도兒童時節에他人의獸苑에들어가사슴을쓰러내오다가그獸苑主人에게發見되여侮辱을當햇다함은有名한이약이다、孟子갓흔大賢人도兒童時節에墓間의遊戲를햇다함은世人이다아는배다、이러한兒童의本能的인遊戲를父母되는者―다만兒童들性癖의惡戲로만녀겨叱責하며打止함은크게不可하다、孟子의母親갓흔이는

世界史上에도듬은賢母엿다、그는自己아들의將來를爲하야세번이나그環境을써낫다고한다그는決코無理하게自己아들의戲를阻止하려하지안핫다、孟子의令名이幾千年後至今까지嘖嘖한所以가決코偶然한일이안일것이다、그러면이兒童의惡戲를다만兒童의本能이다고만하야그대로放任할것인가?、엇더케하면이問題를가장愼重한態度로解決할수잇슬가?、이에對하야는實로世界學者의硏究가區區하다、그러나가장信用할만한멧가지를들면兒童劇에依하야兒童의이本能的衝動을放散함이可하다、或은무슨方法으로이를利導하며轉向함이可하다、或은스탄레―호―ㄹ파갓치도리혀이러한惡한衝動은참아머이를어느機會에適當한方法으로實行식히여바림이可하다고한다、그러나兒童劇갓흔것은都會地以外에는容易히實行하기어려운것이요、스탄레―호―ㄹ의方法도이兒童劇에依할것과近似하고무슨方法으로이를利導하며轉向함이가장簡便하고妥當한듯하다假令兒童이粗暴하며危險한遊戲를하거든이에相當한무슨運動法갓흔것을利用하야그것을轉向하도록하며사람을欺瞞하여物品을竊取하며하거든무슨方法으로던지臨機에應하야그것이卑劣한것이요良心에버서나는짓임을自覺하야스스로禁止하도록함이가장安全할것이다、이것이決코不可能한일이요兒童의人格을얼마쯤尊重하는것이다。

從來朝鮮家庭은넘우나嚴肅하다、嚴肅하다하는이보다참아리苛酷하다、子女는父母의遺體라하야換言하면父母의한部分的分配物이나附屬物로녀여兒童의모든行動을自己意思의規範안에서만取하도록制限하얏다、이것이가장完全한敎育法이요理想의敎育法인줄알엇다、이러한消極的、注入的敎育法을主張한結果假令子女가아모리실타하는일이라도父母의식이고자하는일이면期於히식이고야만다、子女가아모리그能力과事情에適合한훌륭한일을하고자하더라도父母의意思에不合하면期於히阻止하고만다。父母는어대까지던지그子女에게對하야高壓的이요命令的이엿다、子女는그父母에게對하야無條件으로屈服的이요盲從的이엿다、子女가或무슨過失이잇더라도能動的으로自進하야改善할方法을쓰지안코이를腕力으로或은精神的困迫으로衆人의압헤서이를禁止하려한다、이러한皮相的敎育法이어대잇겟느냐!、子女들의心身이이로말미암아얼마나恐怖를感하며委縮을當하겟느냐假令그子女들이表面으로는敢히不平을發表하지못한다하나그들精神上에얼마나苦痛이며悲哀며攻擊이겟

느냐!、兒童들의天眞爛漫한마음이얼마나이러한父母에게로부터罪惡을밧겟느냐!、그過失의動機가故意에서난것일갓흐면머구나顧慮해볼必要가잇다、西洋에서는先生이兒童의過失을發見하는때에는衆人의압헤서이를叱責하지안코他人모르게秘密히그兒童을불러서그過失의原因을發明하야주어스스로悔改하기를기다린다고한다그들의敎育法이얼마나圓滿하며人格을얼마나尊重하는지를想像할수잇다。

사람은各自의天品에쌀아個性이라는것이잇다、個性이잇기때문에自我의活動力을充分히發揮하야人格의地位를確立할수잇고딸아서人間社會의文化도이에因하야向上될수잇는것이다、이個性으로因하야人間은오직退步가되지안코進步가될수잇는것이다、우리朝鮮兒童父母들은그子女의個性을넘우나無視한다。兒童의個性을全然히植物性과갓치取扱하려한다、이것이이兒童敎育上큰缺陷이다、이럿케그子女의個性을沒却함에因하야兒童이自我의活動力、創造力을利用할餘地가업게되고딸아서敎育의確實한効力을어들수업게되는것이다、우리朝鮮안에이럿케沒理解한敎育아래에空然히精力만虛費하고숨고잇는兒童이그얼마나되는지를不可勝數일것이다、우리보다先進한나라에서들은兒童들이小學만卒業하면발서그들의自覺에依하야確實히그의方向을定할줄안다하는데우리朝鮮兒童들은中學을卒業하고서도그의方向을定하지못하고途方에彷徨하는者가만타、이것이現代敎育制度의缺陷과生活의不安定에서起因하는일도잇지만은또한父母된者의子女들의個性을全然沒却하고自己意思대로當初부터强制手段을用함에原因함이最多할것이다、이러한敎育法을어서改善하지안이하면兒童敎育上에莫大한障碍와苦痛을興할것이다

現代家庭不和의原因의한가지인親子間의不和는그罪惡이子女에게도잇지만은父母가그責任이더한줄로나는생각한다、無理한壓迫、無理한敎訓은도로혀何時든지、爆發을豫想한다、파로떼은그의遊戲休養說에「最近世界大戰의原因은多年間社會抑壓의反動에서일어난最大爆發이다」는意味를말하얏다、權力을濫用하는政治아래에는革命의바람이일어나고嚴酷을極하는家庭에는拗蹣의子孫이생기는것이다、佛蘭西革命도最近의露西亞革命도그原因이여긔잇다、今日朝鮮안에서頻頻히일어나는家庭不和의原因도이를探求하면畢竟은그多大數가이無理한壓抑에서생긴가장不美한現象이다、兒童의人格과個性을尊重할일、

이것은家庭和樂上에도第一必要한條件이다。

家庭이넘우나嚴酷하고子女의意思를尊重하지안음은子女로하야곰무슨意見을父母에게陳述하기가어렵게되는것이다、이것은親子間에意思가疏通되지못하는原因이다、이럿케意思가疏通되지못함은兒童으로하야곰그의前程에許多하게橫在한難問題를解決하기에困難을밧게하는것이다、兒童은經驗이업다、經驗이업슴은每事에危險하다、一生을目的으로하야나갈眞正한前路를決定하기에는넘우나經驗이업다、經驗이업슴으로往往能力에相應하지못한일을하려하다가結局은未遂와不成功에이르고만다、不成功은兒童에게큰打擊이다、이럿케打擊이頻數하면차차恐怖와悲觀으로들어간다、子女는醫學이나工業에뜻을두는데또한거긔에相應한天品이잇는데父母는自己의意思에딸아서子女로하야곰文學이나農業에힘을쓰라하면그結果가엇더케되겟느냐?、父母가가장잘、그子女의能力을짐작하고意見을容認하야그들의迷惑을啓發하야줌은그子女로하야곰成功의길을갓가히해주는것이다。

精神的과生理的은서로不離의關係를매저잇다、儒敎의「心廣體胖」과西諺의「健全한身體에健全한精神이든다」함이事實上可能할것이라하면身體가强健하다하야精神의修養을等閑히함이不可할것이요、精神이聰明하다하야身體의健全을度外視함도不可할것이다、運動과知識、이것은어느一方에만偏하지못할것이다、運動만主張하고知識에躁實하지못하면무엇에든지實行에는敏活하나理想에缺點이잇슬것이요知識에만熱中하고運動에怠慢하면空論만主張하고神經衰弱이나消化不良에걸리기쉬울것이다、우리朝鮮兒童父母네들은兒童의運動을絶對로憎惡한다、兒童에게快樂과滿足을주는機會보다叱咤과不滿을주는機會가더만타　그럼으로朝鮮兒童들은健全한身體와健全한精神을가질수가업다、그結果는健全한思想과健全한知識을가질수업게되는것이다、그들이將來는不完全한人格이되고만다、그들이同伴들과談話할機會를어드면鄙劣한戀愛나性欲이약이로時間을보내고文學을쓰면센티멘탈의文學을쓰기를즐겨하게된다、론돈都會안에雜誌中五分의三은運動에關한雜誌라하면우리朝鮮兒童의父母들은암아大驚할것이다、이럿케그들이運動에熱心하는結果地球上어느곳에그들의발자최가안이남이업시코재活動할수잇는것이다、生活의複雜함을딸아精力도이와갓치만히消費된다、精神의休

인간 개인에 대한 관심 고조로 자아각성, 개성존중, 자아발전 등이 중요하게 이야기되던 시대적 분위기는 어린아이의 교육에서도 그대로 중요한 요소로 이야기되고 있다. 젊은 청년들의 사고는 이러한 시대적 흐름을 받아들이고 있으나 조선 부모들의 인식은 그에 미치지 못하여 당대 조선 청년들은 사회에 대한 반항과 불평보다 가정에 대한 반항과 불평이 더 많다는 진단도 눈여겨 볼 대목이다.

낙랑자(樂浪子), 「이상의 어린이와 현실의 어린이」, 『신여성』, 1933. 10.

어린이 교육과 관련하여 요구되는 것들을 교육자에게 당부하는 형식으로 쓰고 있는 글이다. 내용상으로는 가정교육에서도 꼭 필요한 사항들을 열거하고 있으므로 당대 어린이 양육에서 무엇을 중시하고 있었는지 살펴볼 수 있다.

어린이날 제정 등으로 상징되듯이 1920~30년대는 어린이를 구속하지 말고 자립

理想의 어린이와 現實의 어린이

樂 浿 子

어린이의 자유를 속박치말자――는말은 오날에잇서서는 가정교육상의한표어(標語)가 되다십히되고 대개의가정에서는 어린이들이 질을펴고 자라도록힘쓰고잇는경향이 보히는것은 참으로 깃분일이며 그옛날 우리들의 어렷슬든시대에 견주어서 그런가정의 어린이들은 참으로 행복되다고할수잇슴니다. 그우에다 어린이들의버릇을 가리칠때에「자연스럽게하라」든가「자립독행케하라」든가「압제말라」든가「지내친잔소리를하지말라」든가하는의견이 차츰차츰 진보된가정 더욱이 지식계급이라고할 가정에서 주장되는경향이잇슴은 어린이들을일칭더 행복스러운상태에잇게해주는것으로 참으로 반갑고조흔일이올시다.

이것은 어린이들을 리상적상태에두고 리상적조흔방법으로써 교육해나가려는 현재교육게의리상을 실현식히는그것입니다만은 실제에잇서서 그얼마마한효과가 나타나고잇는지 어린이의장내에 큰관심과긔대를가지고잇는 이세상어버이들의 맹상(猛省)을 바라는바가잇슴니다.

이것을 실제로 각가정의어린이들에대하야보면 어린이들의버릇 즉 그예의작법을 엄하게하지안는다는것으로인하야 어린이들은 대개 야성조포(野性粗暴)의 한을넙고잇슴니다만은 낫서룬웃손님압헤나가서는 옴추러들어서 무엇을물어도 변변하게 대답을못하고 무슨당부를하며도 당당한동작을갓지못하고 비싯비싯하는품이만온터입니다.

「압제를마라!」「자연스럽게 가르키라!」――는말은 결코 어린이들의 버릇을가리키지말라는것은 아니라고 생각합니다. 또「지나친잔말을말라」는것도 결코 어린이들을 가리치지말고 방임해두라는 말은아닙니다. 어린이를 압제하는일이업시 그러고 손하나옴직

―(92)―

이는데까지 간섭을하고 단속을하고 씨모니예질이니하야 남을하지말고서 커도아지못하는중에 저절로 조혼습관을 배와갓도록하자는것이 교육의리상이요 결코 가리치지말고 방임해두라는의미는 아닐것이라고 생각합니다. 그러나 실제에잇서서는「압제를말라」한다고 자연으로될른다고 잔말을 말라한다고 그대로방임을하야 버릇업는야성(野性)의 그러고도겁잽이비굴(卑屈)한 어린이를만들어 버려두고잇는것은 참으로 깃부고반갑든소식이 도로혀 한심한터라고생각합니다.

원래 조혼습관을기른다거나 조혼례절을가리친다는것은 인간의활동상 가장조혼동작 다시말하면 경제적으로 심리적으로도 로동적으로도 덕적으로 모든방면에 가장조코편한동작을 가리켜주는것을 말하는것임으로서 이것을 적당하게가리침으로부터서 인생은보탐며 자유를향낙할수가잇는것입니다.

그럼으로 이것을 적당하게 가리치지안는다면 여러가지방면에서 여러가지손해를 바들뿐아니라 한정잇는인생은 쓸데업는수고와낭비를하야 발전의여지를 잃고 지극히 부자유한생애를 보내지안으면 안될것이겟슴니다.

여긔에서 다시생각하건대「버릇 버릇하고 심한잔소리를말라」는것은 버릇을가리치지 말라는것이아니라가리치는내용에주의하야 쓸데업는잔소리를 식히지말라는것임을 주의하지안으면 안될것입니다.

또「자연스럽게 가리치라」는말은 언제가리켜주고언제배운줄모르는사이에 저절로색다른것처럼 가리치라는것입니다. 압제나 잔말로 야단을처가면서 엄격하게하지를말고 유하게 조심하야가리치라는말임을 알아야할것입니다.

이와가티 가리치는내용에주의하야 가장필요한습관과행동을 가장리상적방법으로 가리치는데의하야 참된리상적어린이라는것이 될것입니다. 그럼으로 참다운리상적 어린이를엇는다는데는 교육자그사람의머리에엇더케가르치는방법이 오날이세상에서필요한가 옛날의노인들의 소위 버릇을 가리친다는것은 엇재서오날에잇서서는 필요하지안은가하는데 대하야 충분한견식을갓지안으면안될것이요 다시 어린이를가리치는방법으로서는 엇더한방법을취하야할가하는데대하야 또 충분한수완을가진사람이아니면 안될것입니다.

그러나 오날 이세상의어머니로서 어린이를가르치는데 직면한분들에게 이러한두뇌와 수완을요구할수가잇슬는지 이것은 참으로 곤난한것입니다. 아마도 사범학교를 마친분이라도 처음몃해동안에는 될수업슬이야기라고 생각됩니다.

그런데 항차 전문으로 교육적수업을하지안은 녀학교를졸업한 어머니에게 그와흔지도방법을 바란다는것은 한갓 공는밧게는 아모것도아닙니다. 따라서 리상적어린이를 맛들겟다 리상적으로 어린이를가리치겟다하고 생각만은하드라도 실제에는어린이가 생각대로 키워지지를안코 생각대로되며지지를안코 생각대로장의해주지안는현상을 매집니다. 즉리상적인어린이를 엇고저애를쓰가며 실제로는 뜻대로안되는어린이를 붓잡고 엇지할바를몰라하는것이 현재에잇서서 각가정의실제사정입니다.

―(93)―

사실 어린이란지극히 저고집쟁이요 참나쥐쾌락을 합하는것임으로 인내라거나(참을성) 또는주의 연구등의견인불발과가혼의괴는 업는것이 보통입니다. 예모와지각도 마찬가지로조야방종한데는 흐르기쉬지만 오젼하고 씩씩한방면으로는 나아가기가 쉬운것이아닙니다. 거긔다가 어린이에게는 어린이각자의 개성을가지고잇서서 그개성적길함을 아모주저업시 일상행동에 표현식히고잇슴으로 실제의어린이라는것은교육의리상따는 대단히 현격한차이를가지고잇는것입니다.

이러한어린이를 그대로 아모지도함이업시 방임해둔다면 사람으로서 겟가마리가되기쉬운것은 명백한일이겟슴니다. 그러라하야서 그들을 적당히지도하야 리상에맛는어린이로 길너낸다는것은 용이한일이아닙니다. 여긔가 교육자들의곤난을늣기는점인동시에 또한애쓰는보람잇는점입니다.

그럼으로 방임적가정또는 가정교육이업든가정에서 바로 학교에입학한학생들중에는 엇더케손을댈수업는 방종한어린이가 업지안은것입니다. 물론모든어린이가 모다이러한극단의어린이들만은 아니지만은 여긔에갓가우나 그정도를 서로달리한어린이들이모히는것만은 사실입니다.

그러면 교육자가 이러한 실제적경우를당한때에는 엇더한방법을가지고서 이것을교정하는가하면

遊戱――첫재로노력하는것은 어린이의활동의발견입니다. 따라서 유희중에가장 어린이들이조화할것인동시에 유익할것을택하야 실컷어린이들에게 놀리키며서 어린이로하야 거긔에열심하게하는것입니다. 어린이가 유희에정신을집중하는것에의하야 부주의·무념심·저고집·기타의 언잔은부분이 충분히사라저버리게되고 큰긔와인내와를 엇게되는것입니다.

衛生――유희에열중하야 잘놀게된다음에는 의식주에대한 어린이자신의 위생적조흔습관을 가르켜주는것입니다. 가령으로말하면 밥먹을때의조심 군것질의폐지또는조석 의복의간수 방안의소제 취침기상에관한습관등을 적당하게 가리키는것입니다. 이러한습관이 청렴되는데따라 사람은적극적활동상에 놀음을

―(94)―

될수가잇슴니다. 즉 보다적은노력을가지고 보다만은에넬기ー를 취할수가잇는까닭입니다.

禮節――그다음에 가리처야할것은 소위체모례절로 다시말하면 남에게대한 사교적행동의 규률습관을배워알게하는것입니다. 옛날 우리들이어렷슬시대의 노인들은 이체모와례절을가리치는것으로써 교육의저일의를삼엇섯슴니다. 그리고 그체모와 례절이라는것은 웃사람에대한것을주로하얏섯든만큼 자긔를낫추고 자긔를업수히하야 웃사람을 섬기는혜의를 가리키엇든것입니다만은 이것은 오날에잇서서 그리상적인것은아닙니다. 공연히 자긔의인격을나추게하지를안케함과동시에 남의인격을존중하야 자라가함께 공존공영해나가야 올타는것이 오날의리상입니다. 그럼으로오날의체모와례절을 가리치는것은 그필요로부터서하는것입니다.

精神――그다음에 가리킬것은 인간의본성에긔초한정신적행위라고도할 도덕적조흔습관입니다. 압서말슴한 세가지가리킴으로 어린이의방종한행동은 모도가 생기고 리상잇는행동이 될수가잇스며 그활동력은힘을가진것이되는것입니다만은 그우에다 다시 이행동을인격적으로 완성식히지안으면 어린이는 이세상에서유익한사람 즉사회적으로유위한인물이될수는업슴니다. 따라서 친애·청실·유감·경건등의 모든 덕의근본이된행위를습관적으로 습득식히도록 하지안으면안됩니다. 방임적교육에 몃저진어린이 즉 오늘의소위「현실의어린이」를 유도(誘導)하야 여긔까지 가리처오는것은 용이한일은아닙니다만은 그러나 여긔까지이르지안으면은 교육의임무는 완성되지안는것임으로 교육자 특히 어린이에대하야 무한한책임을가진어버이들은 힘써 그가리침의 내용에주의하고 어린이자신의발전을 조장식히지도내용은 과연 그엇던것인가를널니연구하도록힘쓸것이라고 밋는바입니다.

―(95)―

할 수 있게 하며, 지나친 잔소리를 지양하고 자연스럽게 생활 속에서 가정교육이 이루어져야 한다는 운동을 전개한 시기이다. 어린이의 자유를 속박하지 말라는 말이 당대 가정교육의 표어가 되었다고 글쓴이가 밝히고 있듯이 어린이에 대한 관심 특히 어린이 교육과 관련해서는 사회와 가정이 한 뜻이 되었던 것 같다.

그런데 그러한 변화에는 부작용도 있기 마련이어서 버릇과 예의를 가르치지 않고 방임하는 가정도 생기게 된다. 그래서 어린이 교육에 있어 가르쳐야 할 내용을 제시하는 이러한 글이 쓰여지게 된다.

이 글은, 어린이는 현실적으로 고립과 순간적 쾌락을 탐하므로 인내와 예의를 가르쳐 방종을 막으면서도 개성을 살릴 수 있도록 해야 한다고 가르쳐주고 있다. 이것이 가정교육과 학교교육 모두 포함하여 어린이 교육의 이상적 모습이 된다. 구체적으로 제시되고 있는 것은, 자연스럽게 어린이 활동을 교정하기 위한 방법으로 놀이를 통한 혹은 놀이 속에서의 교육을 이야기하고 있다. 그리고 식사, 간식, 의복간수, 청소, 자고 일어나는 것과 관련된 위생관념을 심어줄 것과 사람관계에서의 규율과 습관을 몸에 익히는 예절 교육이 중요한 덕목으로 설명된다.

끝으로 도덕적으로 좋은 습관을 몸에 배게 하는 정신교육을 통해 사회적으로 유익한 사람으로 성장할 수 있도록 해야 한다는 서술을 통해 이것이 어린이 교육의 임무이자 책임이라는 사실을 강조한다.

유상규, 「조선여성과 산아제한」, 『신여성』, 1932. 3.

이 시기와는 어울릴 것 같지 않은 '산아제한' 이라는 표제어의 등장부터가 흥미로운 글이다. 글쓴이가 의학전문가(경성의전 교수)여서 산아제한을 시대의 새로운 풍조 중 하나로 다루는 것이 아니라 과학적이고 전문적으로 접근하고 있다는 신뢰감을 주고 있다.

글쓴이 역시 이 점을 염두에 둔 듯 산아제한은 여자(해방)의 문제에 국한되는 것이 아니라 인류의 행복을 위한 과학적인 방법이라는 설명을 하고 있다. 산아제한은 한 개인으로서의 여자의 능력을 생식 이외의 곳에 발휘할 수 있게 한다는 의미와 더불어 자녀는 물론 가정의 행복을 위해 필요한 일로 이야기된다. 앞서 읽어 본 자료에서

朝鮮女性과産兒制限

京城醫專教授 劉相奎

부란긔(孵卵器)라고하는 물건이 잇습니다。이물속에다 닭알을 넷백이고 넷천이고 내지 몟만개라도너코 얼마동안 두어두면 저절로 알이까집니다。닭을치는사람에게 둘도업는 유익한물건입니다。

조선의 어머니들은 오늘날까지 이부란긔노릇을 해왓고 만일오래에 어머니들 또는 녀자들사이에 무슨 큰운동이 이러나지안으면 장차도 이부란긔노릇을 할밧게업을듯합니다。

우리인류의 대부분이 무식한중에서 헤매고 잇지만 지식만은 매우 발달되며잇습니다。이발달된지식이 우리에게 녀자의부란긔노릇하는것이 녀자자신에게 해로운것과 따라서 그속에서나서 그손에 양육바든 자식에게도 해가되는것과 세켜서는 전인류에게 불행을주는것이되는것을 분명히 가르칩니다。

그래서 어떠케하면 인류의반분을 차지하고잇는 녀자로하여끔 다만 부란긔노릇하는데 앗치지말고 현대문명의결과를 가티누리며 쓸데잇는인원이되게할가하야 만흔사람——녀자와 남자가 오래동안애를두고 여러가지방면으로 연구도하고 실행도해왓습니다。거긔에는 교육평등, 경제독립, 직업해방, 녀자참정권 등문제가 만흡니다。

넷글에 수신, 제가, 치국평천하라는것이잇습니다。즉 한나라를 다스리고 천하를평정하게할라면 몬저 몸부터 잘닥거야한다는것입니다。그와마찬가지로 여자의문제를 해결하자면 먼저 『자유러운 모성(母性)』이되어지어야하겟다는것입니다。이소위 모성이라는말이 부란긔라는 말에서얼마멀지안흔듯하나 생물학적 녀성이라는것을 떠나와는 달른의미 즉부란긔적생산긔구와달은 의미에서 의식잇는데 지나지안음니다。

모성은 모성이되 자유스러운모성이 되며질라면 첫재자긔의 배우자(남편)를 자긔가택하고 둘재자식낫는시긔를 자긔가결정하고 셋재 낫는아해의수효를 자긔가규정하게되는데잇다고봅니다。이러케만되면 부인은 상당한여유를어더서 생식한는능력이외에 만흔능력을 발휘할수잇서서 원만하게발달된 한개의인격을 일우게되겟습니다。따라서 자연히 위대한능력을발휘할수잇겟습니다。즉이럿케되자면 부인이 산아조절법을 시행하여야되겟다는것입니다。

오거스트, 베벨이라는사람의 『부인의 과거 현재및장래』란책서문에 이런말이씨어잇습니다。『부인문제의완전한해결은 로동문제와마찬가지로 현존해잇는 사회적및정치적제도하에서는 지어보기가어렵다』고 이말은올흔말입니다。가령례를들어서 어떤집 행랑사람의부인을 말한다면 그가 다섯나흔아해를 조절해서 하나만이안이라 천하안낫기로 그의남는능력이 자긔를소위향상식히는데 얼마나소용이되겟습니까。농촌부인이 또한그럿로 일하는부인이 또한그럿타。한아니라 부자집자식은 엣십명이라도 호강스럽게 잘살어갈권리가잇고 가난한사람의자식은 그러지못한사실 그것이야말로 급속이해결지어야할문제오 산아조절가튼것은 그문제만해결되면 문제도안될는지모릅니다。

그러나 부자와 가난한사람의 사회적문제는 어린애만으로해서 생기는것이아니오 법서입이 그부모자신의 존재로해서 생기는것입니다。

그럼으로 현실상태에잇서서 장차말하게될여러가지의미로 사회제도가 일변해서 빈부귀천이업서진다고하여도 산아를조절하는일만은 역시필요할줄로압니다。그런데 가난한사람에게 만흔자식은 약한사람에게 무거운짐입니다。약한사람에게 무거운짐을지우는것은 불법밧게안됩니다。우리조선에는 대부분이 가난한사람입니다 그네들거외컨부가 만흔자식이라는 무거운짐을지고잇습니다。그래서 다른생각이날여유가업고 무슨생각이난다든지 후은생각는다하여도 실행할능력이업습니다。

『민중으로더부러—!』『민중의속으로—!』라는 주의에의하여서사회운동을할려는이는 먼저 저들의어깨에서 이무거운짐을 덜리주어야하겟습니다。

그럼으로 이글을읽는독자에게 바라기는 이글에 다소간이라도 자극을바더서 여긔에관한 책을만히읽기와 자신만이 실행할뿐아니라 운동을이르키어서 가튼무게의짐에라도 떠무거워하는 가난한부인들로하여곰 그은택을 입도록하라는것입니다。

산아조절이란것이 지금은 세게적 인류적 문제입니다。그럼으로 우리가 보통상식으로 생각하는리유와사실에서 최신발견이된 과학적(科學的)이란술직일수업는 확실한근거를 가지게되엇고 따라인류의 가장중요한문제로되며잇습니다。그러고 우리조선에잇서서는 필자가흔 별로여기에대한 지혼시식과 넓은경험이업는사람이 면단에올나서서 이문제로장면을한것이 처음일이만치그럭케유치하지만 래서각국에서는 리론시대를지나서 백명에구십명이 이법을실행하고잇는실행시대에 잇습니다 다시말하면 이문제의근거를 과학에둔만치 이문제는 단순히 녀자의문제에만 국한이되지안코 즉녀자를해방식히기만위한 적은범위에그치지안코 이문제의합리적실현으로써 인류의전체의불행을 큰분적으로업새어보겟다는 열렬한주창까지하는사람이 나게되엇습니다。

이제부터 학술적근거를 알기쉽게 간단하게말하겟습니다。

一、산아제한의긔원

『유다와 맛아들 에르가 여호와압헤에 악한고로 여호와가 죽이신지라。유다가 오난에게 말하되 형수에게 장가들어동침하야 아들을나아 형의대를이으라하니 오난이 아들을나하도 자긔의후사가 못될줄알고형수와동침할때에 아들을나하 형의대를잇지아니하려하야 따에설정한지라 오난의소행이 여호와압헤서 악한고로 또한죽이시니』(창세긔三八、七—一〇)

『자우리가 이를때롭지니 두렵건대 그우리가만하저 혹전정이생기면 저희가 우리원수와합하야 우리를치고이따에서 떠날가하노라하고……

갈아대 너희는 히브리녀인의 산파노릇을할때에 그낫는것을보아 남자어든죽이고 녀자어든살니라……』(창세긔(一、一〇—一六)

이것이 긔록에 남아난 가장오랜 피임법(避姙法)과 산아제한법(産兒制限法)의하나입니다。

그로부터 몟천년이지난 一七九八년 영국의 말뎌쓰라는 경제학자가 『인구론』(人口論) 이란책을 저술했는데 그목적은 첫재의불날까지 인류가행복을압잠해서 나가는데 장애가되여잇는 원인이무엇인것과 둘재이런원인을 업새버릴수잇는방법을 알어내일야는것입니다。그결과 그는 우리의인류가 이십오년마다 배가되는것과 (가령 현재일억만인것이 이십오년후에는 이억만이되고 그것이오십년후에는 사억만이된다는것) 그러나 생

활재료는 그것에비하면 최신부족해들어가는것이 인류의행복을장애하는 질병, 죄악, 전쟁의원인인것을 알엇고 이것을업시하는 방법으로 신속한 인구증가에대한 억제적방법(抑制的方法)이잇는것을 제창햇습니다。즉전정, 죄악, 전염병, 홍수, 살아, 한래가튼 적극적으로사망수를만케하는 원인과, 음욕생활, 독신생활, 만혼가튼 소극적으로 산아수를 적게하는원인이엇습니다。그는소극적방법을 채용하고 그중에서도 특히만혼(晩婚)을주창해서 남녀가 三十八세전후가아니면 결혼하는것이조치안타고햇습니다。이것을가르키어 『말뎌쓰주의』라합니다。

그러나 이러한주의는 인류생활상 도뎌히 실행하기가 불가능할뿐아니라 도로혀 이것을 실행함으로 뒤만흔불행과비참한일이 생기는것을알게되엇습니다。즉독신생활과 음욕생활은 성에대한요구를 쓰지로압박하는결과 도로혀 매음, 질병, 발광가튼 만흔죄악이범람를어가는것을 알게되엇습니다。여긔에서 사회학적신조를가지고 주창하든 『말뎌쓰주의』는 인류의성정(性情)을

알 수 있듯이 이 시기는 교육, 평등, 경제독립, 참정권, 위생, 직업 등이 중요한 문제로 대두되었던 때이다. 그런데 많은 자식을 양육하게 되면 부부는 물론 어린이 모두 이 중요한 문제로부터 소외될 수 있다는 문제가 생기게 되기 때문에 산아제한이 필요하다는 것이다.

따라서 결혼, 출산, 자녀수, 어린이 양육 등의 문제는 사회적 문제가 된다. 그렇기 때문에 산아제한은 사회적 운동으로 전개될 필요가 있다고 말해진다. 이 운동은 당대 외국에서도 주장되었던 '자유로운 모성'을 지향하며, 그 방법은 '과학적 피임에 의한 산아조절'이라고 설명되고 있다. 배우자를 자기가 택하고, 자식을 낳는 시기와 수를 부부가 결정할 수 있을 때 모성은 자유롭게 될 수 있으며, 가정의 행복도 이와 결부된다는 내용을 일깨우고 있는 것이다.

김기진, 「결혼과 이혼에 대하야」, 『신여성』, 1923. 5.

1920년대 조선 사회에 이혼이 유행처럼 번지고 있었던 것 같다. 글쓴이는 그러한 시대 흐름 속에서 결혼이 무엇이고, 왜 이혼을 하는 것이며, 그 선택은 과연 옳은 것인가를 묻고 있다.

이 글에서는 결혼이 남녀가 인생의 만족과 행복을 찾는 노력이자 운동이라고 서술하고 있다. 그러므로 행복한 결혼 생활을 계속 영위하기 위해서는 지속적인 노력이 요구된다. 글쓴이는 이 노력을 사랑의 창조라고 부르고 있다. 결혼 전의 연애감정과는 또 다른 사랑이 결혼 후에 노력에 의해 만들어져야 함을 강조한 말이라고 할 수 있다.

結婚과離婚에對하야

金基鎭

結婚의本質――幸과不幸――離婚의批判――婦人의問題――貞操의觀念――愛의結婚――愛의創作

1

세상사리라는것은괴로운것이다。몸고생 마음고생、참말로고생투성이다。그러하야이고생투성이의 세상을 알기시작하는세는 대개 철난―뒤이다。철이나면、男子가女子를알고、女子가男子를알게된다。고흔것을알고 미운것을알며、따뜻한것을알고 싸늘한것을알며、괴로운것을알고、깃분것을알며、슯흔것을알고 질거운것을알게된다。무슨까닭이냐?――妙한일이다。

生理的發育에依해서成熟된肉體、發達된頭腦는、서로협력하야서 世上의미움과 머러움과 슯흠과 질거움을、알게한다。그러하야 이것을알게된사람(男 女)은 가슴속에『늣김』이잇고、머리속으로 눈을뜨고、그무엇인지『은근히바라는것』卽말하자면『憧憬』이라는것을갓게된다。아름다운것을 늣기는마음은、憧憬하는마음은、가만 세모、흘르고내려서 그사람을 못견되게하는것이다。――異性에눈뜨는때가 이때다。

사람이 사람을생각하는것은 고흔것이다。호렷하게、사람을그리워하는것도 고흔일이다。쏫을보고 탄식하고 달을보고한숨짓는것도 고흔일이다。엇재그러냐하면 그사람의살님에는 부족한것이잇고、마음에는 가득차지못한 무엇이 잇는고로、그것을 차질망으로 그것을어들망으로 그리워하고 기다리는것이기때문이다。그러하야 藝術이라는것은 이와가튼 自己의살님사리에서 부족한것을늣기기때문에、自己의『現在』보다 더훌융하고 고흔것을 짓기위해서 사람의머리가힘쓰는곳에서생기는것이다。원세계의 백성들의살님이 完成되여버린뒤면 우리는 새로 別다른 藝術이라는것을 차저내지못할것이다 웨그러냐하면 벌서藝術은 生活이되고마랏스닛가。

말이 딴길로드러섯다。――엇잿든、철이난뒤에、늣김을가진뒤에、쓸쓸한맛을 가슴속하나가득히가지고잇게된뒤에、그리움을가지게된뒤에、참말로 그사람(男、女)의異性에대한欲望은 움즈기기시작하는것이다。男子가女子의、女子가男子의、다사로운말한마듸、싸뜻한손 한번을 맛볼때、무거웁게가슴을눌렀던모든것은、봄눈녹드시녹아바린다。이러함으로 비로소、길고긴 나그네의길 五十年이나 六十年동안長久한 나그네의길을것는데는、반다시 동무가 필요하게되는것이다。異性의結合、――산애와녀자가반다시 合해살기위하야努力하는 까닭이 여기에잇다。만족하지못한生活을 채우기위해서 두性은 合하는것이다。한개의『살님』으로써 엇지못하는 행복을、두개의『살님』으로써 어더보자――하는노력이다、運動이다。살님을 두倍하여가지고 滿足을찾자。生活을二倍하여가지고 幸福을占領하자――하는 무브멘트다。

2

그러면 結婚이라는것은 반다시 幸福하야만할것이다。不幸을除하기爲해서의結婚인 以上에는、반다시、그사람의生活을二倍한結婚은、幸福하여야만할것이다。그러나、사람들가온대에는 不幸한結婚에억망이되여가지고 허위적거리는 사람이 만타。마음에업는結婚!―돈에팔려다니는結婚、權力에팔려다니는結婚、因習에팔려다니는結婚、모든種類의 마음에업는結婚에 울고잇는사람이만타。살님을 두倍하고자하든것이 안人밧쌉사등이가되여버리고만사람이 얼마나만흔지알수업다。――무슨까닭이냐?

朝鮮과가티、이때것、결혼을 아모생각업시 하여내려온곳은 아마 어세상에 드물것이다。밋메누

러보 셋을、남의집에드러브내는일 끠렵시워로 남의지식을 더려오는일、면약(面約)으로 이놈셋을주고밧고하는일、――이와갓흔일이、아조、생각해보면 코우숨이나오다가 코ㅅ구녕이 꽉떡힐일이 넘우도만타。강아지색기를 다섯마리고 여섯마리고 어들것가트면、우리집강아지와、자네집강아지와 서로 밧구세――하고서 강아지색기를 밧구드시、자네집암소와 우리집 수소와 귀를맛추어가지고 써들밧는게 엇던가――하여가지고 송아지를 엇는셈이나 맛찬가지로、우리네들의조상은 우리네들의선조들서로서로 밧구어내려왓다。여기에 대해서 말을하자면 넘어도 장황하여지고 문데의 범위도떡커지닛가 그만두거니와、엇잿든 우리들의五代祖나 七代祖할아버지는 우리들의四代祖 或은 六代祖를 이모양으로 남의집셋과 밧구어오고、배맛추어오고、그다음으로또 작고작고밧구고 배맛추어가지고 오늘날우리의 代까지 내려왓다。그러나 그때의 우리의 조상들은 그것을 예사로알고거기에대해서는 조곰도 생각하지안앗섯다。그와갓핫섯스닛가 아모병폐업시 오늘날까지 살아온것이다。그러나 그때의 우리의조상들은 결코 한女子를직히지안코 (그와반대로 女子는 반다시 한男子만을직혓스나) 소위첩이라는것을 가젓섯다。그러하야 이첩을가질 권리는 한숨파쌍이 변함업는거와맛찬가지로 당당하게 그첩들권리를 主張하얏섯다。그러면 첩을 둘식 셋식 가지든 그때의 우리의조상은 행복하얏섯느냐 하면 그러치안핫다。집안의풍파를이르키고 代代로 죄악의씨를 심어놋코말앗슬뿐이다。道德!道德!하여가면서 五倫이니三綱이니 떠들고、『조강지처는 불하당』이니、『일부함원에 오월비상』이니、무슨、『칠거지악』이니하든그네들은 크나큰 한개의도덕(道德)을니저버렷섯든것이다。왜그러냐하면 산애는녀자를 다섯이나여섯을 어더도상관업고 녀자는그때서는 못산다는것이 男尊女卑라는생각에서 울어나온것이오、그러하야 이와가튼생각은 인도상(人道上)용납하지못할 생각이기때문이다。또더은 몬저 여기에서 이러나야만할것이다。

도야지나 강아지와다름업시 부형의지배아레에、병아리 난호아갓드시、서로서로배마추어노흔 그사람당자의 마음에업는결혼을 당하고서 오늘날의 젊은 산애와녀자는 마음을태우고잇다。이마人살을 펴지못하고잇다。離婚이 유행하고잇다。

3

그러면離婚은엇재서하지안으면안되느냐、또는 離婚하는것이 조흐냐、그르냐。――이와가튼문데는 반다시 생각해가지고서 처리하야만한다。생각업시 한때의 쎈마음으로 행할일은아니다。첫재두사람사이에 사랑이잇느냐、업느냐。둘재 두사람이합께사는것이 두사람에게다―행복하냐、하지못하냐。하는두개의문제가 가장 큰 문제일것이다。

幸福에대해서생각은 별로、사람사람이 다를것이업슬것이나 사랑에대해서는 생각이 다 다를것이다。사랑이란『완전한것』이다。흠이업고、틈이업고、부족한것이업서야 사랑이라할수잇다。마음에맛지아니하면 사랑할수업는것이닛가。

그러면마음에맛는다는것은 엇더한것이냐? 엇던사람이 이와갓흔말을하엿다。――『자네는 왜 자네의 부인하고 이별해버렷나? 자네의안해가 행실이낫브든가? 인물이못생겻든가? 자식을못낫든가?』하면서무르닛가 그사람의대답이『여보게、이구두를보게。이구두는맛친지 몃칠안되고、가죽도조코 짓기도잘짓고、돈은도하고、모양도조치안혼가。그러나 자네는 내가이구두를신을때 어대가 마음에불편한지는 몰을터이지?……』하고대답하엿다는말을、하엿다。어대가 압흔지몰나도 마음에불편하면 그구두는 신기어려운것이다。그와맛찬가지로 男女간 마음이불편하면 가티살기는어려운노릇이다。離婚하야만 마음이노히고 편하고 개벼울것갓흐면、반다시 離婚하는것이 조타。

4

離婚하야서행복할것가트면 반다시離婚을해야만한다。그러나 女子편으로부터 男子가離婚을당하면 상관업스나、男子편으로부터女子가離婚을당하면、거기에는 한개의 문뎨가잇다。오늘날의 세상은 女子

에게 불편하도록만 되여잇는까닭으로(그까닭은, 이세상은男子외손으로맨드러진세상이넛가 ──)담박, 女子에게닥치는 문데는 生活문데다。사회외조직외불산전으로말미암아 女子외生活문데가 중대하야지는것이다。男子가離婚을한다하면, 그女子가 상당한 넌한(年限)안에 스사로자긔외힘으로 넉넉히 살아가게되기까지의 生活費를담당하여야만하겟다。오늘날의 조선에잇서서 女子社會를위하야 이대로 색행하야하겟다。

그러나 당사자인男子 혼자가 이부담을다하여야하겟느냐──하면, 그것은결단코그러치안타。그혼인을 시작한, 말하자면 혼인을식힌사람, 그남자로하여곰 장가가도록한사람, 그사람이 직접책임자인이유로, 그사람도 이부담에 참섭하지안으면안된다。

5

또한개외問題가잇다。朝鮮서는 女子가한번 싀집을가면 다시는그後로는 싀집을가지못하는것으로 생각하는그것이다。정조라는것이 한번깨여지면다시는못쓰는것으로만생각하는그 것이다。──그몃해前인지는모르나, 朝鮮의 잇던女性이『貞操란 한개의骨董品이라』고말한까닭에 社會의비평을밧닷다는 일이잇다。그러나지금은 점점 정조라는것을 산물건으로 생각하고, 아모作用이업는死物──即骨董品으로 생각하는사람이적어가는모양이다。

朝鮮서 정조는 한개의『한우님』이나맛찬가지로 싹미깁히사람들의머리속에 근거를두고서 바위덩어리모양으로 옴즈기지안코잇는 觀念이되어버렷다。

—(34)—

(此間二十九行削)

6

이와가티 정조는 살아잇는것이다。살너놋치안으면 못쓰겟다。

그리하야 다른男子와의 사이에 사랑이싹운러서 련애가 성립될때에는, 그사랑의불길로 그女子의 정조는단련되는것이다。맛치, 풀무속에 든 쇠가, 불긔운에 따라서 그 몸에잇는 쇠ㅅ똥을떠러트리고 맑고 구든쇠가되듯키, 녀자의 정조도 사랑의불길로단련되는것이다。

그러나 이글을읽는분네들 가온데에는, 이말을 잡소리, 밋친놈의소리라고 우서버릴분도 잇겟다 『그러면 어대사람이냐? 즘생이냐 그러치안으면 청루에잇는녀들아닌다음에야!』하고 항의할분도잇슬줄안다。그러나, 그것은그럿치안타。청루에다진몸을 사람들이 더럽게 생각하는것은, 그까닭은。그사람들에게는『판단하는힘』이업서, 『생각하는능력』이업서, 動物과맛찬가지로 자긔외정조를 팔어서 파는

—(35)—

까닭이잇기때문이다。意識하면서, 意志외옴즈김을갓고서 나아갈때에, 모든 깨끗한것은 살며업서지고마는것이다。물건을골느듯키, 새것, 헌것, 하는것은, 살아잇다는 사람을 업수히넉인, 낫븐생각이다。그대신, 녀자는, 몃다섯번 싀집을가든지, 그것은상관업스나, 한번엇던남자에게가든지 그때에는 맨처음에 갓섯슬때와죽음도다틀이업시, 깨끗하게, 불순한것이업게할만한 수양(修養)이필요한것이다。그래야만, 完全히 更生하엿다 할수잇스닛가。

7

지금두사람이(男, 女)잇서서 서로사랑한다고한다。그사람들중외男子고女子고間에 童男? 處女? 를뭇지말고, 두사람이 사랑한다고하면, 그두사람, 或은한사람외 過去가엇더하엿든지, 설혹불순한것이잇다하드라도, 그와가튼 불순한것은 그두사람외 사랑의 더운힘으로 살러저업서지는것이다。두사람이完全하게 빈틈업시 사랑한다고하면그곳에는 벌서 다른문제는 업서야만하다。두사람이셔 서로사랑한다는것은 두사람의마음이 서로흡족하다는것이닛가。서로흡족하게생각한다는것은 서로 행복으로알고잇다는것이닛가。

그러면 두사람의結合은 愛의結合이다。빈틈업는 愛의結合이다。

8

그러나 여기에한가지 필요한것이잇다。사람은 살고잇는것, 살고잇슴으로인하야 옴지기는것, 옴즈긴다는것은 변한다는것인줄을알아둘 필요가잇다。아라둘필요라느니보다는 깁히생각해둘필요가잇다。처음부터, 理解가업시, 完全한사랑이업시 또는 그리움도, 깃붐도업시맛난 異性이여서 할수할수업시 깨버지지안으면 못쓰겟다는때는 엇지다가 깨여지거니와, 그럿치안코서, 理解가잇서, 完全한사랑이잇시, 또는 그리움과 깃붐을가지고 맛난異性씨리가 몃칠못살다가 깨러진다든지, 하는것은 경솔한짓이며 도덕적이못되는 행위다。사람은 어대까지든지 도덕적이야 만 한다。다만 우리외표준하는, 或은근본삼는 도덕의價値와, 우리외조상의 도덕적價値가 다를뿐이지, 결달코 도덕 그것을 우리가 부인하는것은 아니다。『烈女不更二夫』는 지나간날의 生活우에 기초를둔 도덕이오, 지금내가 말하는바외도덕은, 오늘날의 生活우에세워놋코자하는 도덕이다。다만 價値問題에잇서서만 다른것이다。

그리하야 변하여가는 옴즈기는우리외마음을바로잡고 더행복하기위해서 우리는『愛외創作』을하여야한다。한사람이 제마음대로무슨일을해벌릴때외 다른만흔사람이밧는영향이 적지안하는것을생각하여야만한다。가령 한사람이大路에서 大便을본다하면 그사람은 그사람의自由이겟지마는, 그한사람때문에 수만흔사람이무릅쓰는 영향은적지안을것이다。사람은, 社會人으로외責任과義務를생각하여야만한다。

만약에 無節條하게, 濫發的으로 그와갓흔戀愛가流行한다하면 社會외秩序는 문란하여진다。出生되는小兒외처치문제, 精力외濫費──그害됨을 이루드러서말할수업다。그럼으로, 愛외結合으로 맛난兩性은, 오늘보다來日, 來日보다來明日을爲하야사랑을준비하야만한다。준비한다는것은 짓는것이다, 創造하는것이다。

그러나, 여기에말하는愛외創作이 근거업시되는게냐하면 결단코그럿치안타。愛외結合이잇슨然後외 愛외創作이다。異性사이에 눈곱만한 사랑외싹도업시, 맛자꼿자로 愛외創作이되느냐하면 되지안는다。그러한때는, 離婚하는수밧게 다른길이업다 愛외結合우에세우는愛외創作이다。來明日을爲하야외愛외準備다。

──(終)──

—(37)—

당대 조선사회에서 유행하는 이혼의 이유는 종래 결혼제도의 잘못으로 결혼이 망쳐지고 있는 데서 찾아진다. 즉 민며느리, 데릴사위, 면약(面約), 첩제도 등으로 애정 없이 만난 두 남녀의 삶을 결혼으로 받아들이는 것은 앞선 세대까지는 당연한 것이었지만, 1920년대의 젊은이들에게는 그것이 옳지 못한 인습으로 인식되면서 이혼이 유행하게 되었다는 설명이다.

결혼과 이혼은 여러 사람의 삶이 관계되는 문제이므로 단순히 좋다, 나쁘다는 식으로 이야기될 수는 없다. 글쓴이가 결혼 생활이 행복하지 않다면 이혼하는 것이 마땅하다고 말하면서도 이혼 후 조선에서의 현실적 삶도 고려해야 한다는 것을 중요하게 다루고 있는 이유가 여기에 있다.

김기진은 조선에서 이혼이 남자에게는 크게 문제될 것이 없으나 여자에게는 불편한 점이 많은 것이 현실이라는 것을 알려주고 있다. 우선 여자가 생활비를 벌 수 있는 사회구조가 아니기 때문에 생활의 어려움이 문제가 된다. 그리고 이혼한 여자가 다시 시집가기 어려운 조선 현실도 이야기된다. 당대 한 여성이 '정조는 골동품'이라는 말을 했다가 사회적 비난을 받았다는 예를 들면서, 변화해가고 있다고는 하지만 조선사회가 여전히 정조관념을 뿌리 깊게 내리고 있다는 것은 무시할 수 없는 현실이라고 설명하고 있다.

물론 중요한 것은 시집을 몇 번 갔느냐가 아니라 사랑하는 동안 그 대상에게 얼마나 충실한가라고 말하면서 글쓴이는 이 뿌리 깊은 정조관념은 물론 도덕과 윤리라는 것이 시대생활과 밀착되어 변해가야 한다고 주장한다.

두 사람의 사랑이 전제되어야 하는 결혼에 조선의 종래 결혼제도는 사랑을 빼놓고 있으므로 이혼이 급증하고 있다는 현실은 어쩌면 당연한 것인지도 모른다. 그러나 사랑으로 결합된 결혼이라 할지라도 결혼생활의 행복이 보장되는 것은 아니다. 그러므로 행복한 결혼생활을 영위하기 위해서는 결혼 후의 사랑의 창조가 중요하다는 것을 깨닫기를 당부하고 있다. 종래의 결혼제도 하에서 맺어진 부부도 결혼 후 새로운 사랑의 창조를 통해 인생의 만족과 행복을 찾을 수 있다는 것을 일깨우고 있는 것이다.

Ⅳ

잡지 만화와 만평으로 본 여성

1. 만화, 만평, 여성

식민지적 근대는 서구적 근대와 대비되지만, 실상을 들여다보면 서구적 근대에 기대면서 그것과 끊임없이 경쟁을 하는 복합성을 지닌다. 이런 동력이 생생하게 드러나는 것이 바로 문화매체들이다. 우리가 근대역사를 살필 때 일상세계를 점유한 미디어의 표상들, 근대의 이미지와 기표들, 근대적 물건들과 상품들에 주목해야 하는 것은 근대화를 경험하고 욕망하는 상상의 영역에 직접적으로 영향을 주면서 그것이 규율화되는 공적 영역과 전통의 구속을 받는 사적 영역의 충돌을 자극[1)]하기 때문이다. 사실 사회 구성원들은 그들의 의지와 관계없이 문화매체를 접하면서 근대적 제도의 재생산에 개입하지만, 동시에 그 과정은 식민지적 근대 주체를 형성해 나가는 일이기도 하다. 이런 의미에서 식민지에는 권력규율이 작동하지만, 식민 지배를 통해 사람들이 식민지적 근대 주체로 서기 때문에, 결국 '식민지 근대성'도 근대성의 한 모델로 볼 수[2)] 있는 것이다.

근대로 재편되는 과정 속에서 근대여성상은 기존의 전통적 습속 또는 이념과 충돌하면서 독특한 여성상으로 창출된다. 이 독특한 여성상이 바로 '회색지대'에서 창출된, 그리고 '식민지 근대성'에 기초한 여성이다. 단적으로 말하자면 서구적 근대가 내

---

1) 유선영, 「육체의 근대화: 할리우드 모더니티의 각인」, 문화과학 24호, 2000. 겨울, 233-235쪽 참조.

2) 강내희, 「한국의 식민지 근대성과 충격의 번역」, 문화과학 31호, 2002. 가을 참조. 근대성을 단일한 체계가 아닌 복잡성의 관점에서 이해하고 식민지배를 통해 사회구성원들이 근대적 주체로 형성되기 때문에 '식민지근대성'도 근대성의 한 모델로 본다.

김진균 · 정근식 편저, 『근대주체와 식민지 규율권력』, 문화과학사, 2003, 참조. 식민권력은 식민지의 피지배민을 통치 대상으로 인식함과 동시에 피지배민이 식민지적 질서를 유지 재생산하는 주체로 서고자 하는 것을 용인할 수밖에 없는 이율배반 속에 있다고 본다.

면화의 과정을 통해 균열을 보일 뿐만 아니라, 이런 균열 속에서 독특한 혹은 굴절된 여성상은 만들어진다.

따라서 만화와 만평은 당대 시대정신을 읽을 수 있을 뿐만 아니라 그를 통해 근대가 여성 표상을 통해 어떻게 식민지적 근대성을 획득해 나갔는지를 보여줄 것이다.

2. 규율 권력과 식민지적 근대

만평과 만화는 일제의 규율 권력 양상을 잘 간파하고 있을 뿐만 아니라 일제의 침략정책에 맞서야 하는 힘이 어디서 나와야 하는지를 보여주고 있어, 규율 권력과 식민지적 근대의 형성이라는 역학관계를 잘 그려내고 있다. 이것을 작가에 맞춰 설명하자면, 만평에는 식민지가 착취의 근대성에 의해 구조화되는 상황 속에서도 식민지 지식인으로서 자신의 상상력에 의해 근대성을 구축하는 작가의 의식이 작용한 것이다. 사실 이런 작가의 세계는 당대 사회적 인식과 시선을 포착해 낸 것으로, 사회적 의식으로 보아도 무방할 것이다. 이처럼 규율 권력 속에서도 단지 규율에 전적으로 구속되지 않는 사회적 인식을 포착한 작가의 세계가 존재한다.

「産兒制度對反對대모」(신여성, 1933. 6)라는 제목으로 실린 만화는 제도적 규율이 보이는 육체의 통제와 이에 따르는 여성의식의 단면을 보여준다. 1930년대 출산정책에 대한 사회적 인식을 그리고 있는 이 그림은 일제의 국민교화사업이라는 제도 규율의 일면을 보여주기도 하지만, 다른 한편에서는여성의 담론이 사회의 장에서 통용되고 있는 현장을 생생하게 전달하고 있다.

그림 1 개벽, 1922. 8.

서구 문화와 전통적인 인식이 한 자리에서 만나 식민

지적 근대를 가장 잘 보여주고 있는 것이 「美展所見」(별건곤, 1927. 7)이라는 제목을 달고 있는 두 컷짜리 만화이다. '알 수 없음'과 '나체'로 다가온 서구적 근대를 작가는 '민망과 해괴망측'으로 여과시키면서 그것이 '우리 것'이 아님을 확인한다. 동시에 작가는 만화와 만평을 통해 식민지적 근대가 '우리 것이면서도 서구적'인 근대로 형성해 나가고 있는 지점을 정확하게 표현하고 있다. 따라서 억압체제에 굴하지 않는 소년의 기상, 일제의 출산정책의 규율 속에서도 중년 여성이 든 '자식을 낳거든 계집애를'이라고 씌

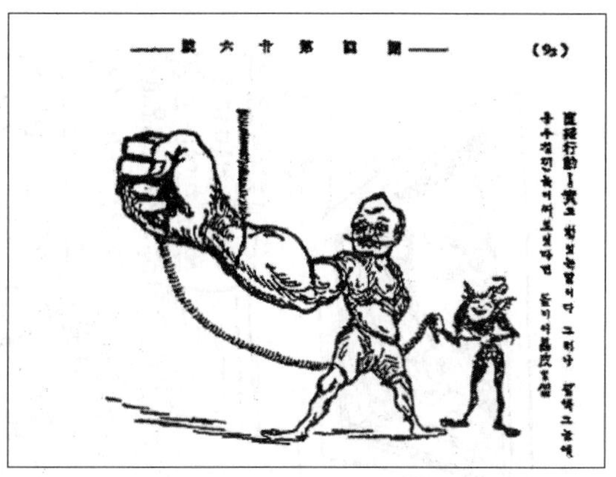

그림 2 개벽, 1922. 8.

그림 3 개벽, 1922. 8.

그림 4 신여성, 1933. 6.

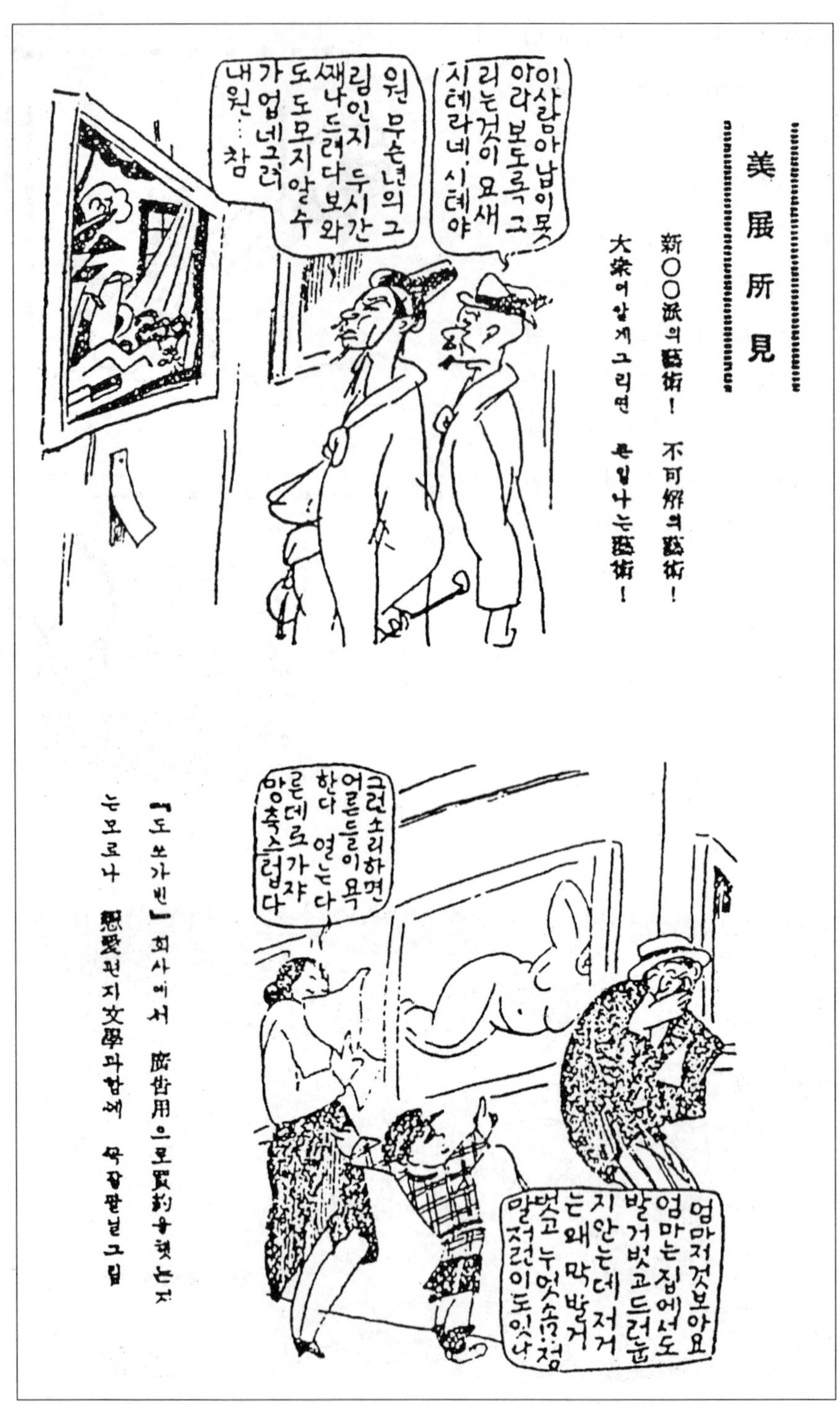

그림 5 별건곤, 1927. 7.

그림 6 개벽, 1925. 2.

그림 7 개벽, 1925. 3.

어진 깃발, 서구문화를 체험함에 있어 여성의 아름다움이 드러냄보다는 감춤으로 대체되는 그 지점은 규율 권력과 서구적 근대에 전적으로 함몰되지 않으면서 식민지적 근대를 확보하는 자리인 것이다.

3. 전근대와 근대의 아니러니

만화와 만평에 나타난 근대적 여성상은 일단 서양의 외피를 두르고 있다. 시대에 따라 머리 모양과 옷의 맵시만 다를 뿐이지 서양적 이미지를 추종하고 있기는 마찬가지라는 뜻에서 그러하다. 만화와 만평에서 서구적 근대를 표상하는 것은 단발머리와 뾰족구두, 그리고 짧은 치마[3]이다. 그런데 이런 외양을 통해서 작가가 짚어내고자 하는 것은 여성들을 바라보는 당대 사회적 인식이 이중적이라는 것이다. 마찬가지로 외양뿐만 아니라 의식에 있어서도 아이러니적이다. 따라서 외피든 의식이든 이 지점에서 어설픔은 만들어진다. 한복과 양화가 어설프게 어우러진 모습이라거나, 겉으로는 한복을 입고 쪽찐 전통적인 여성상을 하고 있지만, 여성 상위시대를 남편에게 지도하는 여성상의 부조화는 이를 단적으로 보여준다. 만화와 만평에서 나타난 여성들은 외양에서뿐만 아니라 의식에 있어서도 어설픔과 부조화의 상태, 다시 말하면 전근대와 근대가 마구 뒤섞인 형상으로 표현된다.

그림 8 신여성, 1933. 1.

3) 「신춘만화걸작집」(신여성, 1933. 1)에 있는 두 컷짜리 만화 참조.

그림 9 신여성, 1932. 8.

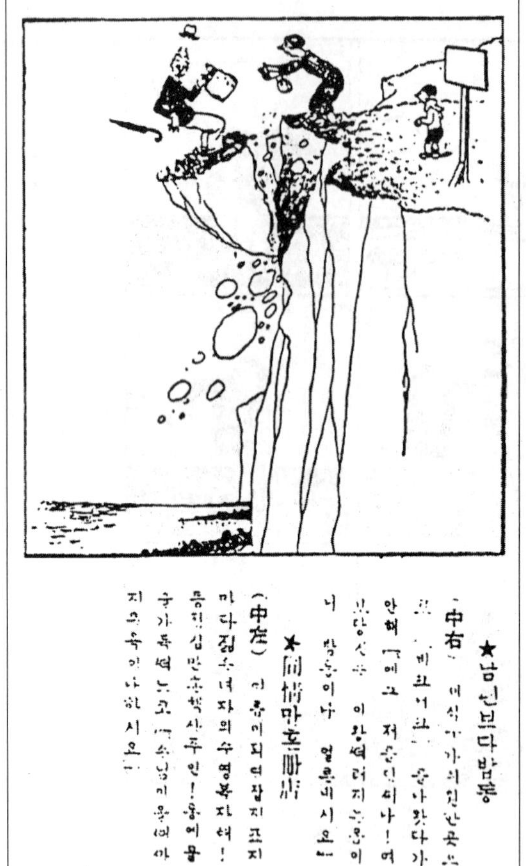

그림 10 신여성, 1932. 8.

『신여성』(신여성, 1933. 1)에 있는 코믹스 「살사리와 뚱뚱이」〈그림 7〉에 나타난 여성의 상은 아주 복잡하고 양면적이다. 「살사리와 뚱뚱이」[4]에 나오는 부인은 여성상위를 누린다는 근대적 이미지와 한복에 쪽진 머리를 하고 있는 전근대 이미지가 묘하게 중첩되어 나타난다. 이 만화는 남편의 우스꽝스러운 언행을 통해 가정이 여성중심으로 재빠르게 재편되는 과정을 보여준다. 그런데 이때 작가의 시선은 여성 상위시대로 재편되고 있는 가족의 시대적 흐름을 읽고 있지만, 그런 여성에서 점수를 후하게 주고 있지는 않다. 여성우위의 가족제도 재편 과정에서 당당해진 아내는 뚱뚱한 몸매에 쪽진 머리형, 그리고 한복을 입고 나온다. 결국 구식 외형이 드세고 우악스럽게 표현되고 있는 것은 작가가 여성우위를 누리고 있는 여성을 못마땅하게 여기고 있는 사회적 인식을 가감 없이 보여준 것에 지나지 않는다.

한복을 입고 있지만 우악스럽고 거칠 것 없는 아내, 분명 서구적 이미지를 지니고 있음에도 어딘지 모르게 한국적인 여성상을 지울 수 없는'미인'은 당대 근대적 여성 이미지를 규정지어 나가는 과정에서 파생한 여성상들이다. 따라서 여성상은"서구 여성과는 분명히 달리 민족 전통의 특징들을 드러내야 했지만 동시에 근대적"[5]이어야

4) 이 만화는 연재만화 형식을 취하고 있는데, 총 11컷으로 13면부터 시작하여 36면까지 군데군데 컷이 들어가 있다. 이 코믹스는 면수를 달리함으로써, 연재만화가 노리고 있는 궁금증과 기대감을 충분히 살리고 있다.

그림 11 신여성, 1926. 1.

하는 아이러니의 지점에 놓여 있다. 당대 사회적 인식이 지니고 있었던 여성과 미인은 일제의 규율 권력 속에서 이루어지고 있는 서구적 혹은 근대적이라는 것이 전통

5) 강내희, 「한국의 식민지 근대성과 충격의 번역」, 문화과학 31호, 2002. 가을, 87쪽.

적 이미지와 인식이라는 여과장치를 거치면서 내면화된 근대 여성인 셈이다. 외양과 의식의 부조화 혹은 외모의 어설픔은 근대와 전근대가 섞여 있는 지점이기도 하지만, 여성에 대한 인식이 균열을 보이고 있는 곳이기도 하다.

이제 한복을 입고 있으면서 다소곳한 여성상은 당대 코드에 맞지 않을뿐더러 다른 한편으로 서구적인 여성상을 전적으로 미인으로 추켜세울 수도 없는 것이다. 그만큼 사회는 전통적인 여성상을 그리기에는 너무 멀리 왔고 서구적인 여성상을 그리기에는 아직 어설프다. 그러니까 만화와 만평에 나타난 여성상은 외양이든 의식이든 서구적인 근대의 상을 지녀야 하지만 여전히 전근대적인 여성상을 포기하고 있지 않는 수준에 있다.

4. 신여성의 희화화

근대적 여성 이념인 자유연애는 여성성의 희화화가 가장 잘 일어나고 있는 부분이다. 자유연애에 대한 여성의 집요함에 독자로 하여금 야유를 보내게 하는 만화와 만평은 여성에 대한 인식의 지점을 정확하게 보여준다.

「옛날의 연애와 지금의 연애」(신여성, 1926. 3)라는 제목을 달고 있는 카툰에 해당되는 만화에서 지금의 연애가 옛날의 연애와 비교했을 때, 여성은 훨씬 적극적이고 집요하다. 이것은 사회적 인식을 제대로 포착한 만화가의 시선이다. 여성이 남성을 쫓는 연애의 형태가 서구적 근대를 표상하고 있다면, 그러한 근대 여성을 작가가 어떻게 그리고 있는가라는 지점은 서구적 근대가 분열을 보이고 있는 곳이다. 남자의 모

그림 12 신여성, 1931. 11.

그림 13 신여성, 1926. 3.

자가 벗겨지면서 흘리는 땀과 여성에게 잡혀서 찢어진 옷, 그리고 여성이 남성을 쫓다가 남겨진 구두 끌림은 적극적인 근대여성을 볼썽사나움, 우스꽝스러움, 가벼움으로 내친다. 특히 남성의 진땀과 두려운 표정은 벗겨진 모자와 어울려 여성을 상당히 위협적인 존재로 그려내고 있다. 남성의 표정은 두려움을 넘어 '죽을 맛'이다. 이 만화는 남성의 표정을 통해서 역으로 여성의 집요함에 '지나침'과 '당혹'이라는 함의를 입힘으로써 야유와 비난을 유도하고 있다.

『신여성』(1925. 6·7)에 나타난 만평에서는 여성에 대한 부정적 인식이 천박함으로

그림 14 신여성, 1925. 6·7.

희화화된다. 만평에 표현된 여성은 단지 서양 흉내를 낸 어중이떠중이일 뿐이다. 품격이 없는 것이다. 그래서 학교에 입학한 지 얼마 되지 않아 작성한 시간표는 무용지물이 되고 여학생은 지금 연애서적에 빠져 있다. 「신여자백태」(신여성, 1924. 여름특별호)에서 묘사된 여학생들은 '요리집 사람이나 기생'으로 희화화된다. 여학생들은 속이 훤히 들여다보이는 옷감을 찾느라 정신이 없다. 작가는 "개화가 더 되야 벌거벗고 단기게 되면 우리는 무얼해먹나"라는 포목점 주인의 말을 빌려 여학생들의 천박

그림 15 신여성, 1925. 6·7.

함을 비웃고 있다. 뿐만 아니라 신여성일수록 일어나는 시간이 오정에 가깝고 치장하는 시간이 '두시간삼십분'이나 되니 기생과 진배없다고 조소한다. 그들은 모두 서양의 외피만을 흉내낸 천박한 여자, 품위를 지키지 않은 여자, 조신하고 조출한 겸허가 없는 여성들로 그려진다. 신여성이 천박, 품격 없음, 가벼움, 한심함, 조롱꺼리로 내몰리고 있다. 달리 말하자면 근대화란 "육체의 변형으로부터 시작하여 상품화되는 과정을"[6] 겪기 마련이지만, 작가는 상품화 혹은 서구적 근대에 대해서 긴장된 경계를 보이고 있는 것이다.

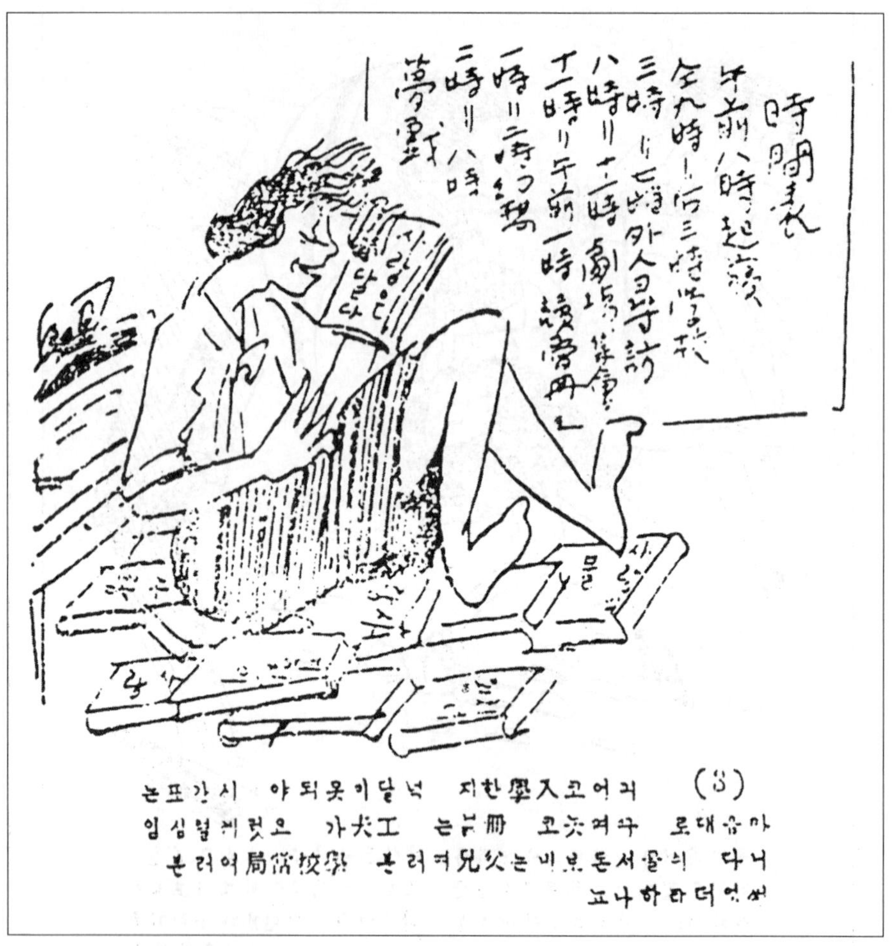

그림 16 신여성, 1925. 6·7.

근대적 매체는 문화적 제도 장치로서의 역할을 담당하면서 근대적 여성의 상을 규율해 갔다. 결국 근대적인 제도와 사회의 틀 안에서 자기 분수와 자리를 지킬 줄 아는 그 지점 즉, 근대가 기존의 전통적 이념에 의해 여과되는 그 지점이 바로 한국 사회가 요구한 여성의 교양과 지적 수준이다. 이 지점이야말로 서구적 근대를 단지 근대로 받아들일 수 없는, 즉 삶에서 재조정이 이루어져 식민지적 근대 여성의 상이 탄생하고 있는 지점이다.

6) 유선영, 「육체의 근대화: 할리우드 모더니티의 각인」, 문화과학 24호, 2000. 겨울, 237쪽 참조.

그림 17 신여성, 1924. 여름특별호.

식민지적 근대는 끊임없이 동요하면서 협력과 저항의 양면적인 모습을 보이는 회색지대, 즉 서구적 근대와 대립하면서도 착종되는 복합성을 지닌다. 설명 하자면 서구적 근대가 기존의 전통이나 이념을 만나면서 그것이 그대로 사회구성원들에게 답습되지 않으며 오히려 사회구성원들은 그것을 전통과 교합하는 지점에서 서구적 근대와는 다른 식민지적 근대를 형성해 나간다는 것이다.

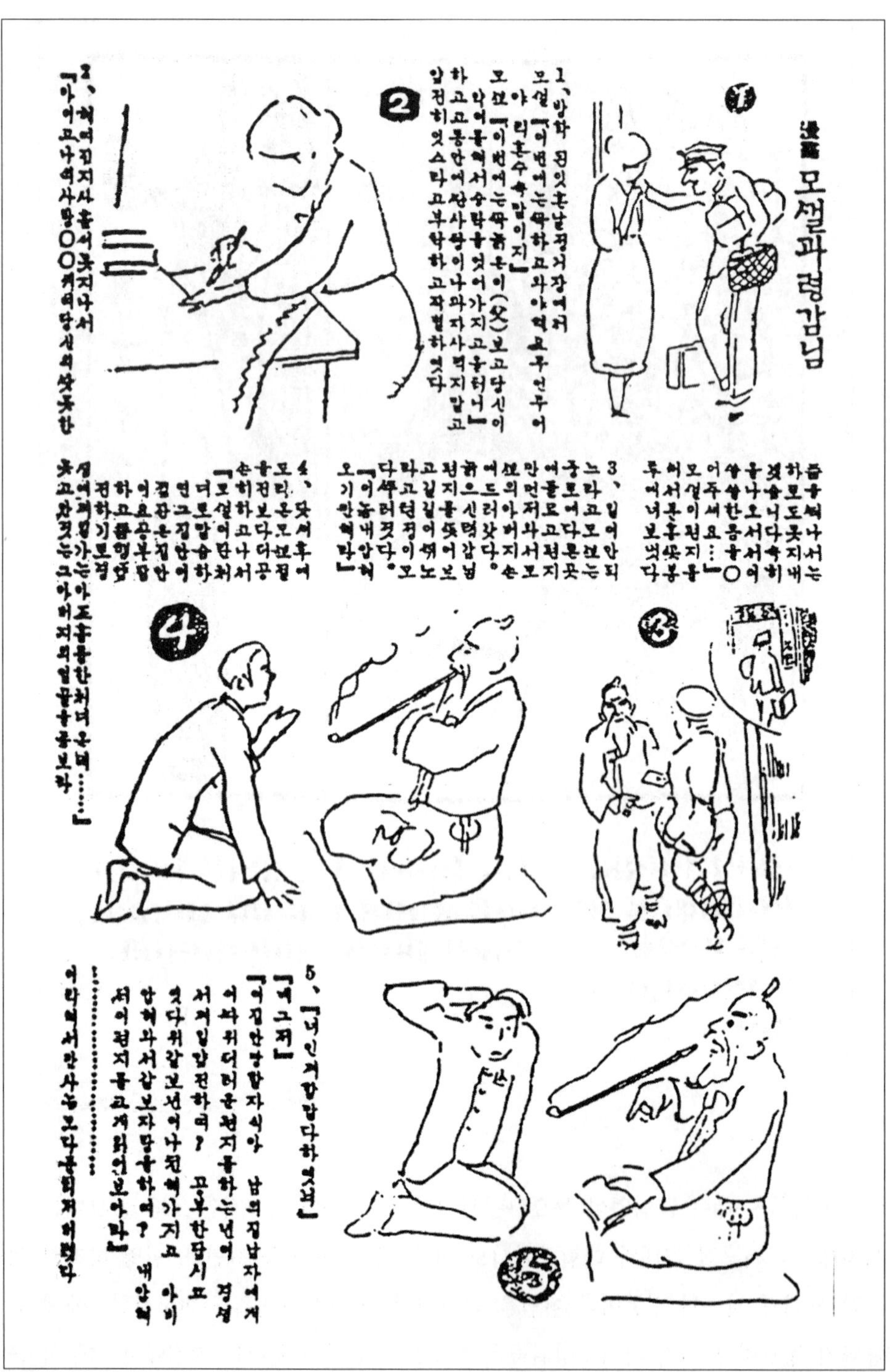

그림 19 별건곤, 1926. 12.

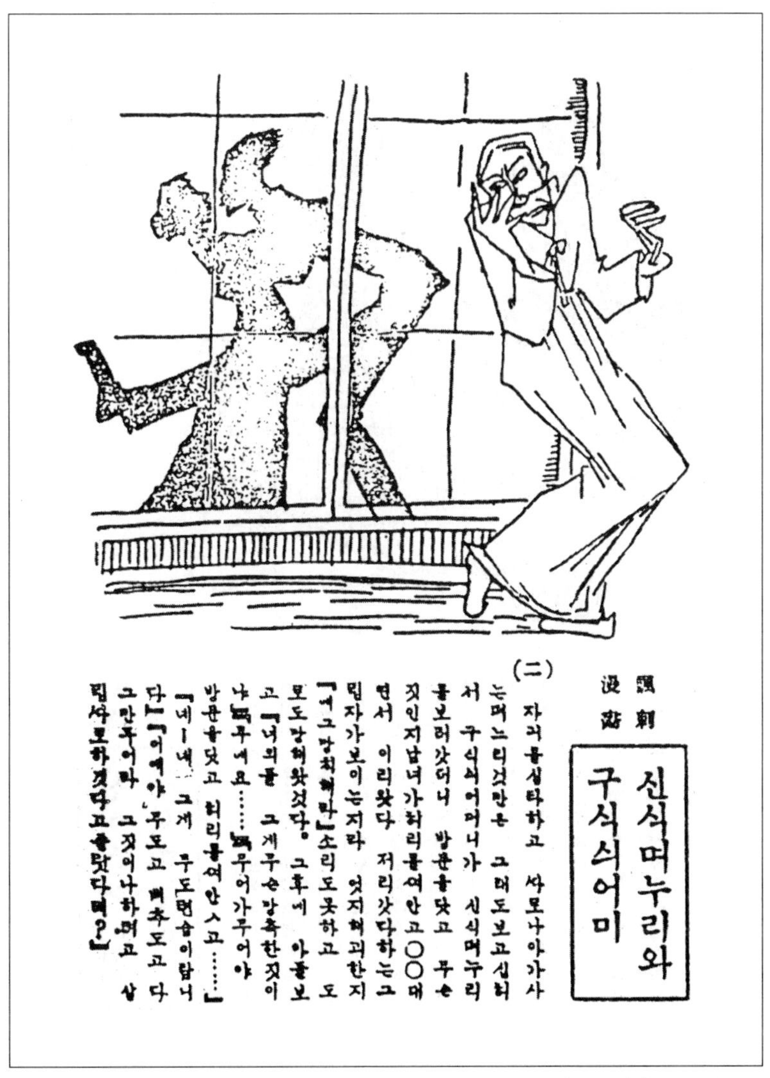

그림 19 별건곤, 1926. 12.

만화와 만평을 통해서 드러나는 여성에 대한 작가의 의식은 아이러니와 희화화라는 방식을 통해서 표출되고 있다. 아이러니와 희화화라는 방식을 통해서 표현되고 있는 여성상은 사회적 의식이 이중성을 지니거나 균열된 지점이 있음을 반증한다. 만화와 만평에 표현된 여성의 상은 서구적 이미지를 지니고 있음에도 어딘지 모르게 한국적인 여성의 상을 지니고 있다. 이때 여성상은 서구적이면서도 서구 여성과는 다른 민족 전통의 특징들을 드러낸 내면화된 여성이다. 그러니까 만화와 만평에 나타난 여

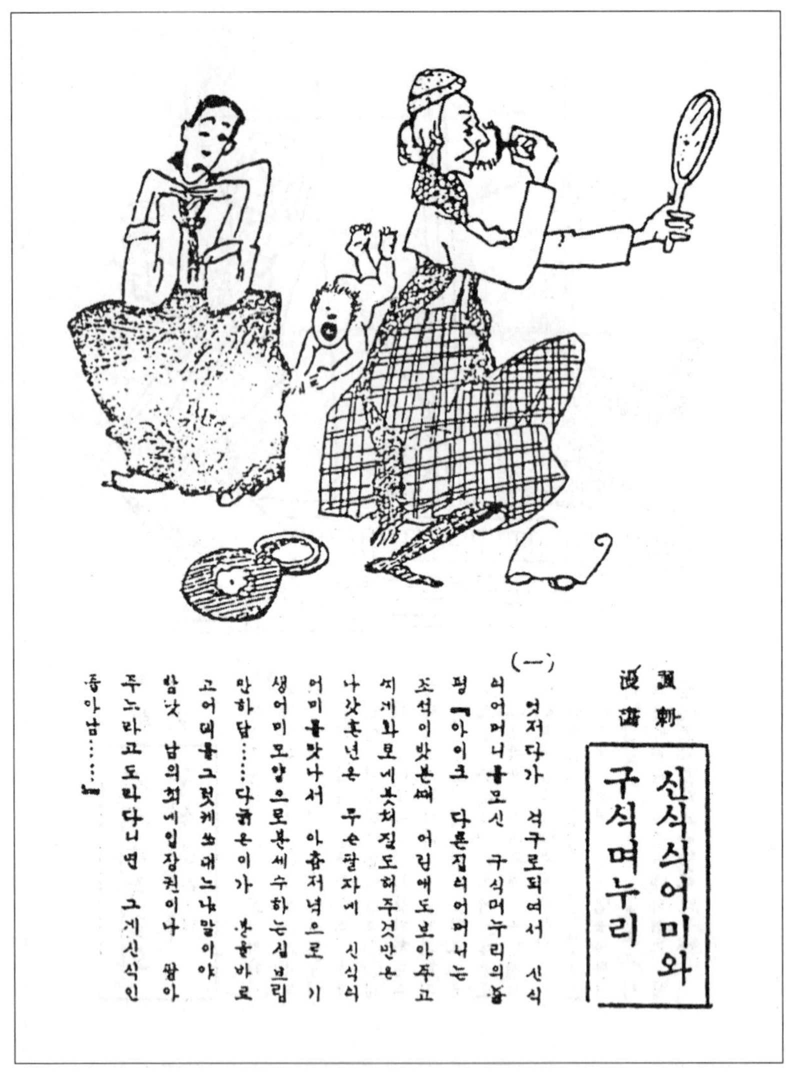

그림 20 별건곤, 1926. 12.

성상은 외양이든 의식이든 서구적인 근대의 상을 지녀야 하지만 여전히 전근대적인 여성상을 포기하고 있지 않다. 이쯤 되면 신여성들이 서구적 근대로 자유를 누리지만 이상화된 이미지에 의해 비판의 대상이 되거나, '민족의 미래'로 이상화되기도 하지만 때로는 '예의가 부족한' 여성으로도 비난받는 것도 이런 맥락에서 이해가 가능해진다. 사실 근대적 여성에게 바라는 사회의 통념은 신지식을 갖춘 여성보다도 통찰력 있는 사고와 이에 따르는 행동을 갖춘 지성인이었다.

왜냐하면 서구적인 여성의 외양과 의식으로의 변화에 수긍을 하면서도 충격으로 다가오는 서구적 표상들을 밀쳐내는 과정을 통해 그것이 전근대적인 인식과 교합과정을 거치기 때문이다. 이때 여성상을 통해서 드러나는 아이러니와 희화화라는 작가의 표현은 서구적 근대에만 침잠되지 않는, 즉 서구적 근대를 추종하면서도 식민지적 근대로 서고자 하는 복합성의 지점을 지닌 사회적 의식을 제대로 포착한 작가의 주체적인 표현이기도 하다.

그렇다면 그들이 바라는 근대적 여성의 상은 명확해진다. 단지 근대외피를 두른 근대 여인상과는 달리 그들은 차분한 여성, 즉 단호함과 적극성 속에서도 사회가 인정한 예의를 지킬 줄 아는 여성을 원하고 있었던 것이다. 이때 '정숙한 여성' 혹은 '기품이 있는 여성'을 요구하는 지점이야말로 서구적 근대를 단지 근대로 받아들일 수 없는, 재조정이 이루어져 식민지적 근대 여성의 상이 탄생하고 있는 지점이다.

식민지 근대의 내면과 매체표상–자료와 해설

2006년 12월 25일 인쇄
2006년 12월 30일 발행

엮은이 김현숙 · 이명희
김한식 · 이은주
펴낸곳 박 현 숙
찍은곳 삼 성 문 화 사

110-320 서울시 종로구 낙원동 58-1 종로오피스텔 606호
TEL : 02-764-3018, 764-3019 FAX : 02-764-3011
E-mail : kpsm80@hanmail.net

펴낸곳 도서출판 깊 은 샘

등록번호/제2-69. 등록년월일/1980년 2월 6일

ISBN 89-7416-171-0

※ 잘못된 책은 교환해 드립니다.

값 5,000원